Mark Haber

O jardim de Reinhardt

Tradução

Fábio Bonillo

© Haber, Mark 2022

1ª edição

TRADUÇÃO
Fábio Bonillo

PREPARAÇÃO
Pamela P. Cabral da Silva

REVISÃO
Eloah Pina
Débora Donadel

CAPA

DESIGN Beatriz Dorea
ILUSTRAÇÃO Fernando Pereira Lopes
ASSISTÊNCIA Júnior Morimoto

Impresso no Brasil/*Printed in Brazil*

Todos os direitos reservados à DBA Editora.
Alameda Franca, 1185, cj 31
01422-001 — São Paulo — SP
www.dbaeditora.com.br

Dados Internacionais de Catalogação na Publicação (CIP)

(Câmara Brasileira do Livro, SP, Brasil)

Haber, Mark

O jardim de Reinhardt / Mark Haber;

tradução Fábio Bonillo. -- 1. ed. -- São Paulo: Dba Editora,

2022.

Título original: Reinhardt's Garden

ISBN 978-65-5826-040-0

1. Ficção norte-americana I. Título.

22-114767   CDD-813

Índices para catálogo sistemático:

1. Ficção: Literatura norte-americana 813

Aline Graziele Benitez - Bibliotecária - CRB-1/3129

Para Ülrika

Deleite incomparável é melancolizar e construir castelos no ar, sair sorrindo para eles, atuar em infinita variedade de papéis, que eles supõem e fortemente imaginam representar, ou que veem atuar ou ser feito.
Robert Burton, *A anatomia da melancolia*

O mau humor ou desânimo que caracteriza um melancólico não é meramente uma resistência, uma tolerância letárgica, à existência, mas uma recriação ativa dela: os melancólicos vivem no mesmo mundo que as outras pessoas, contudo não veem o mesmo mundo. Constroem para si um novo no qual somente eles próprios podem entrar.
László F. Földényi, *Melancolia*

Ele estava em cima daquilo, estivera pisando a superfície daquilo o tempo todo e estava fadado a continuar em cima daquilo no futuro imediato, e conforme percebeu isso, atribuiu sua tardia compreensão ao fato de que era tudo muito óbvio, muito próximo, e que o problema era a sua insuspeitada proximidade; era porque podia tocar aquilo, de fato andar por cima daquilo, que ele o havia ignorado.
László Krasznahorkai, *A melancolia da resistência*

1907

O Rio da Prata é uma serpente corpulenta, meditou Ulrich; ela se aninha em volta do seu pescoço, o estrangula em busca da sua carteira ou do seu anel de casamento, qualquer coisa de valor, disse ele; quem é que escapa vivo? Ulrich disse isso a ninguém, sem esperar resposta, ao menos não de mim, já que eu dificilmente entendia uma palavra do que ele dizia e o meu cérebro estava coberto pela película da febre ou doença ou seja lá o que foi que me acometera, e eu tinha certeza de que estava morrendo, eu só podia estar morrendo, porque os tremores, as dores, a minha pele ardente, nada daquilo augurava um restabelecimento. Inerentemente, Ulrich compreendia isso, e eu desconfiava que ele falava comigo por camaradagem, pressentindo o meu avanço em direção à terra dos mortos, e que, sendo no fundo um tipo sensível, queria dar à minha alma o consolo de outra voz. Já havíamos enterrado dez homens, tanto guias nativos quanto brancos, mas aquela não era uma doença típica; eu sentia o universo dentro do meu crânio, sentia as latitudes cambiantes do mundo conforme esse tremia no espaço. E nem a um metro e meio de distância estava Jacov, alheio, lambendo a ponta de um lápis, garatujando em seu caderno, às voltas com o seu tratado sobre a melancolia, o trabalho da sua vida, alegando no dia anterior haver chegado mais perto do que jamais estivera, mais perto da essência da melancolia, do fundamento da melancolia, da semente da melancolia, assegurando a quem quer que o ouvisse que ele seria o primeiro nome importante a emergir de Knin, aquela aldeia que jazia acocorada na hinterlândia dálmata feito uma criança assustada. Jacov, que nem bem três dias antes insistira tê-la visto com os próprios olhos. A melancolia?, indaguei. Não, seu imbecil, a fonte dela. E, após fumar uma exorbitância de cigarros, ele tratou de medir a base de uma árvore seringueira em que cinco indígenas aguardavam instruções agachados apaticamente. Haviam começado a desconfiar da loucura de Jacov semanas antes, quando ele ordenara que três indígenas guaranis rodeassem o campo enquanto dormíamos, um no sentido horário, dois no anti-horário. Os guaranis, em especial, o odiavam, e haviam parado de tentar esconder o fato, deixando entrever o seu desgosto com atos sutis, mas intencionais: trocando pólvora ou carne-seca ou meias secas de lugar, molhando na água as pontas das lanças envenenadas, assim diluindo-as e tornando-as menos eficazes, até mesmo estacando as mulas no momento em que fazíamos algum progresso. Para Jacov, que via traição em toda parte, isso apenas confirmava suas suspeitas. Semidelirante, eu pensava em Jacov e no trabalho de sua vida, que me fizera trotar atrás dele pela última metade da minha juventude, onze anos, se calculo corretamente; onze anos tomando ditados, onze anos concordando com ideias além do escopo da minha compreensão, da Croácia à Hungria, da Alemanha à Rússia e, agora, nas Américas, perdido na escarpa inferior desta selva odiosa. Eu amaldiçoava a saúde perfeita de Jacov, algo de que ele se jactava sempre que um de nós, incluindo os nativos, mostrava o menor indício de uma moléstia: uma tosse escondida pela mão, um olho trêmulo, um estômago queixoso; Jacov se aproveitava disso, talvez procurasse isso, não só para alardear sua constituição perfeita (exibindo uma falta de decência e um orgulho impiedoso) mas também para celebrar a extraordinária condição do próprio corpo, assim troçando do fardo que os outros carregavam com suas enfermidades cotidianas. As pessoas são fracas e repletas de perfídia, lamentava ele, um bando nauseante, um bando aberrante; então, intoxicado pelo próprio vitríolo, perscrutava as frontes do presente grupo: mestiços, guaranis e não poucos de origem indeterminada. E eu, concluía ele, apontando tristemente para si, devo me incluir entre eles. Ele abominava a sociedade bem como o indivíduo, e muito se esmerava em dar a conhecer sua posição, contudo Jacov fizera da melancolia o trabalho da sua vida, batalhando para ajudar uma espécie que detestava em grande parte devido às profundezas não celebradas da sua alma, insistindo que o seu desejo de aprimorar o companheiro de espécie era simplesmente um reflexo do próprio caráter, que comparava a um *manancial de benevolência*. Lá em Stuttgart, onde comecei a servi-lo oficialmente como assistente, ele costumava deblaterar contra a piada nojenta que era o progresso humano. A humanidade e as suas ilusões, reclamava ele, as pessoas e as suas noções de esclarecimento; ora, Iásnaia Poliana certamente me curou disso! De fato, o curara. Após a Rússia e aquela vergonhosa bagunça com Tolstói e seus seguidores, ficou claro que Jacov teria de seguir o próprio caminho. Que fazer senão mudar de continente, concluiu ele, trocar a Europa pelas Américas? Vamos ver a selva, proclamou ele, cheirando uma carreira de cocaína de uma bandeja equilibrada precariamente no braço do seu canapé. A Europa é um cemitério, disse ele, um pedaço de terra preta, um campo de becos sem saída e saídas sem fim e sem retornos, entoou ele. Além disso, precisamos encontrar Emiliano Gomez Carrasquilla, o filósofo perdido da melancolia, que reside, segundo ouvi da última vez, nas selvas da Colômbia ou talvez do Brasil, de qualquer modo, nas Américas, tudo isso dito com o desprendimento de um maluco, como se as Américas ficassem no subúrbio de alguma cidade de porte médio. Sim, instou ele, olhando nos meus olhos agora trêmulos, achar-se-á a melancolia nas sagazes palavras de Emiliano Gomez Carrasquilla, em suas obras divinas e seus textos sagrados, seus ensaios filosóficos, e, é claro, ao ter com ele pessoalmente, ao contemplá-lo em carne e osso, ao considerar a veracidade de suas crenças face a face e com certeza não na mediocridade do seu continente. Vamos ver a selva, onde, suspeito, a melancolia, como as próprias vinhas, grassa verdejante e impetuosa pela paisagem. Eu ri por dentro, pois a Europa, sentia, era o local de nascimento da melancolia ou, se não o local de nascimento, ao menos onde a melancolia foi aperfeiçoada, onde a melancolia perseverou, onde a melancolia encontrou maior adesão e se tornou, portanto, mais vigorosa e substancial; quem mais poderia reivindicar os mais tristes, os mais intermináveis invernos? Que lugar, senão a Europa, era caracterizado por vastas paisagens pontuadas de sepulturas, imbuído de uma desolação somente equiparável aos céus mais chorões do mundo? E por que a minha ansiedade aumentava sempre que Jacov fungava sua amada cocaína? Por que a droga me afetava como se por osmose? E eu tremia ante as enormes naturezas-mortas pregadas em suas paredes, o Goya imponente na sala adjacente, a única pintura, ele alegava, a ter se aproximado do turbilhão de sua alma. E, então, eu fitava quatro pinturas que me haviam cativado desde que Jacov as adquirira em uma viagem à Holanda, pinturas que atraíam o meu inconsciente com as suas grossas riscas de azul lustroso e vermelho vivo: uma série intitulada *Fremir da alma*, soldados retratados em um campo lamacento com neve até os joelhos, homens simbolizando emissários da morte ou talvez a brevidade da vida ou quem sabe a bocarra abismal de uma existência desprovida de significado, Jacov não tinha certeza, mas todas as quatro pinturas conversavam umas com as outras e apenas surtiam efeito, de fato, quando dispostas juntas, tão inúteis separadas, insistia ele, como a metade superior de um homem se separada da inferior. Jacov ficou tão arrebatado que comprou a série inteira, bem como um tríptico de ciganos romenos nus, todas as pinturas embaladas e enviadas ao seu castelo em Stuttgart, ocupado durante sua ausência pela perneta Sonja, uma prostituta aposentada, ex-amante de Jacov e dona de casa inestimável, a única pessoa, na verdade, em quem ele confiava o bastante para cuidar da sua propriedade, já que Jacov exigia toda espécie de rotina de limpeza excêntrica assentada em grande parte no seu desejo de isolamento, na sua paranoia com os germes e obsessão com a poeira, não com a erradicação dela, mas com a sua preservação, sendo a poeira um emblema da melancolia e talvez o arauto de uma melancolia mais profunda, mais divina, que estaria mais perto de alcançar o caminho puro da melancolia desbragada, o que seria similar à descoberta de um novo planeta. Jacov venerava a poeira, confessou ele certa vez; eu estou plantado no altar da poeira, disse ele; a poeira não é somente divina, afirmou ele, é mais importante do que o solo em si. Jacov poderia discorrer sobre a poeira por horas: sobre como é o mais significativo elemento no universo, não milhões de partículas isoladas, como a maioria acredita, mas algo em si íntegro, tão singular e uno como a névoa. Uma casa coberta de poeira, explicava ele, convida a melancolia ao lazer; ela não insiste ou faz exigências, mas acena, disse ele, e a alma é incentivada a refletir sobre conceitos mais sombrios e substanciosos, já que a poeira, em uma janela, por exemplo, cria uma película que distorce o mundo natural. Assim como a melancolia escurece a visão de mundo, continuou ele, não para alterar a realidade, mas para transpor a realidade, para elevar a realidade, para *aprimorar* a realidade, também a poeira faz isso. Todos esses impostores filosóficos, tal como Jacov os chamava, essas nulidades vulgares e insignificantes, cuspia ele, que consideram a melancolia uma aflição da alma, esses mesmos cretinos rasos também veem a poeira como uma aflição; eles exigem que ela seja varrida, erradicada, esquecida. Defendendo-se de desfeitas imaginárias, Jacov palmilhou o gabinete e repuxou o seu fraque; por que eu não examinaria algo tão miraculoso como o pó, ponderou ele, algo que retorna tão logo você se livra dele, o que, é claro, não chega a acontecer, já que nada pode ser mais perverso, nada pode ser mais idiota, nada pode ser mais revoltante do que a crença de que se erradicou o pó. Nada é tão obstinado, na verdade tão inextinguível, na verdade tão completamente ubíquo quanto o pó. O pó e a melancolia. E assim Jacov passava um período considerável estudando a relação entre pó e melancolia e depois entre melancolia e pó, na verdade durante dois anos, nos quais o pó era estudado por semanas a fio e depois a melancolia. O terceiro capítulo do seu tratado foi dedicado ao pó, examinando como o espírito melancólico, embora pareça frágil, é tão vigoroso quanto as partículas que respiramos e acolhemos e convidamos para dentro de nossas vidas. Eu, é claro, não li esse capítulo, assim como não li uma única página datilografada da obra-prima que ele me fez transcrever, principalmente porque ele não havia começado a datilografar seu tributo à melancolia, como gostava de dizer, no estado de fomento ou no estado de sustento ou, quando ele estava se sentindo especialmente frívolo, no estado de *sedução*, embora eu tivesse certeza de que, quando completa, a sua obra mudaria o mundo, pois eu observara Jacov rabiscando naqueles cadernos durante anos, com uma expressão de fervor religioso a lhe atravessar o crânio pálido e calvo, exultante demais, radiante demais, extasiado demais para não ser apreciado como um homem da maior erudição e não muito diferente de uma famosa escultura de Sêneca que certa vez me mostraram, alguém de cuja existência eu teria sido de todo ignorante caso Jacov não houvesse se deleitado em comparar-se com o antigo vidente. Por mais de uma década transcrevi as palavras de um homem do mais alto nível intelectual, um homem que, com um chamado quase santo, refutava e exclamava e expunha as ideias mais originais e sutis acerca desta que é a mais elusiva das emoções: a melancolia, não um sentimento, mas um humor, não uma cor, mas uma penumbra, não depressão, tampouco felicidade, um reino enigmático sem inscrição porque, conforme disse Jacov, era demasiado glorioso. O rebaixamento da melancolia a um sentimento pela metade, a um sentimento bastardo, a um sentimento diluído, era a raiz do exaspero de Jacov. A melancolia, disse-me certa vez no mais grave dos tons, é a coisa mais importante que há no mundo; nenhum de nós percebe, mas a melancolia é o engenho do progresso humano. Os cadernos dele haviam se multiplicado, é claro, de uma única prateleira para uma parede e para uma venerável biblioteca que requeria armazenamento externo o qual Jacov obteve mediante a ajuda de Ulrich, conhecedor que é de todo tipo de gente do submundo alemão, idôneos bem como criminosos, e, já que Ulrich tinha especial afeição pela propriedade imobiliária e pelo ato de apropriação, no qual, segundo ele com frequência afirmava, era a única posse em que um homem podia confiar, procurar diferentes propriedades para custodiar a obra-prima de Jacov era, ao menos para Ulrich, uma brincadeira de criança. Antes de partir para a América do Sul, Jacov gastara semanas separando os seus diários para acondicioná-los em incontáveis apartamentos e depósitos vagos em Berlim, Salzburgo e até mesmo na propriedade em Stuttgart, onde Sonja com a sua única perna os protegeria enquanto claudicasse pela casa acumulando pó; esse sistema não só manteria a obra dele longe das mãos de estudiosos ciumentos, tal como ele acreditava, mas também tornaria mais difícil, caso fosse encontrada, organizá-la de novo. Os livros mais importantes, o núcleo dos seus estudos, os *Livros de origem*, conforme os chamava, ele levava consigo o tempo todo; tratava-se dos ditados que eu tomara desde que me tornara seu assistente, resumidos, é claro, mas a essência da sua obra-prima; assim, duas semanas mais tarde, uma vez que as suas obras haviam sido separadas e trancafiadas em várias cidades, Varsóvia, Odessa e Berlim entre elas, os nossos preparativos de viagem para Montevidéu foram carregados a bordo do *SS Unerschrocken*, uma viagem que me introduziu a um mundo de tormento e miséria que homem nenhum, sentia eu, jamais havia enfrentado. Fica-se mareado e depois à beira da morte, a linha indiscernível à qual se aferram os otimistas e a qual anseiam por atravessar os suicidas. Cansados da vida, os de mais idade veem esse limiar e lhe dão as boas-vindas; para mim, pareceu o horizonte balouçante do Atlântico, subindo e descendo como os desenhos de um lunático, desbragados e degenerados, um oceano que exigia que eu vomitasse a minha alma em cima de uma terça parte do planeta, um sentimento do qual eu julgara ter escapado até que aquela febre maldita se fez anunciar, primeiro com calafrios, depois com pânico e, por fim, com dificuldade de respirar; agora, enquanto eu repouso no chão da selva, ouço Jacov amaldiçoar os guias com ordens para me colocarem na maca, pois estávamos nos dirigindo de volta a Montevidéu, não como uma retirada, veja bem, não como uma debandada, insistiu ele, mas meramente como uma oportunidade de obter medicamentos, já que os nativos não me assustam e nunca assustaram. Hemos de regressar a Montevidéu, exigiu ele, não para escapar de um ataque iminente, que, como alguns de vocês sugeriram, é mais do que garantido, mas para amenizar os sintomas do meu assistente. Nisso não encontro consolo, pois o nosso desembarque na cidade não foi muito diferente de observar o próprio reflexo no espelho após sobreviver a um acidente violento; era o que se podia chamar de cidade, com todos os marcos familiares que indicam um lugar onde as pessoas decidem, provavelmente por exasperação ou rendição, simplesmente fazer uma parada, mas com os barracos no porto, o idioma espanhol vulgar e caótico que parecia antes berrado do que falado, a safra baixa nos outeiros na névoa distante, até mesmo os navios flutuando sobre a água marrom e turva, aquele era, conforme exclamou Jacov, uma bosta de um lugar provinciano, um cu de cavalo suarento. Não o cu de um cavalo premiado ou de um cavalo decente ou mesmo o cu de um cavalo capaz de arar os campos com uma regularidade qualquer; não, era o cu de um cavalo decrépito e medíocre, o cu de um cavalo a poucos segundos de ser sacrificado. O capitão do navio, um uruguaio, entreouviu esses comentários e se ofendeu. Perdoe-me, respondeu Jacov, mas acaso será preciso comparar a cidade que deixamos, Bremen, uma cidade romântica, uma cidade histórica, uma cidade com *amplitude*, a isto aqui? Você estava conosco quando partimos, correto? Você viu o que eu vi, e isto, Jacov agora meneava a mão na linha do horizonte, como você explica *isto*? Eu fitei as cabanas escassas, as praças abismais aglomeradas feito crianças no primeiro dia de escola, nervosas e sem preparo. Uma vez em terra, as coisas não melhoravam. Álvaro Diego Astillero, o oficial designado para nos assistir na contratação de guias nativos, intérpretes e mulas para a nossa jornada, suava pelo uniforme, embora, sabidamente, o seu entendimento do alemão fosse impressionante. Ele nos saudou no pátio de uma estrutura de madeira que estava coberta de redes de mosquitos, uma precaução necessária, explicou ele, devido a um recente surto de dengue, embora, conforme ele rapidamente nos assegurou, não fosse grande motivo de preocupação para nós. Após oferecer copos de mate, indagou-nos sobre a nossa área de estudo. Plantas?, perguntou. Geografia?, instou. Indígenas? Balançamos a cabeça para todas as três. Melancolia, respondeu Jacov, cuspindo no chão. Álvaro, um homem no começo dos seus trinta anos e cabelo preto como piche repuxado para trás com pomada ou suor, ficou preocupado com essa resposta. Trata-se, como Jacov tem provado constantemente, de uma palavra assustadora, uma palavra desencorajadora, uma palavra pouco à vontade em meio ao restante de uma frase. Melancolia, palavra que não diz nada, mas sugere tudo, incisiva o bastante para fazer os maiores homens, Jacov, por exemplo, abandonarem todo tipo de escolhas de vida para dedicarem a alma ao estudo e ao entendimento e, talvez, quando tudo estiver dito e feito, à compreensão dessa singular angústia. Uma pessoa acometida pela melancolia não é acometida pela dor ou pela depressão, Jacov refletia com frequência, sentimentos que emergem de incidentes concretos e palpáveis como a perda de um membro ou ente querido, ou uma doença longa, renhida. Não, insistia ele, a melancolia é um estado de espírito inexoravelmente ligado à natureza caprichosa de uma pessoa; sendo assim, todos os grandes artistas e filósofos e músicos, na verdade, os maiores exemplos históricos, como o seu amado Wagner, sofreram, resistiram e, portanto, ficaram mais fortes e mais singulares por causa da melancolia. Um melancólico, ao menos interiormente, não ama a própria natureza meditativa, insistia Jacov, mas deve aceitá-la assim como se aceita ter cabelo ruivo ou fenda palatina. Álvaro, com o suor escapando do seu uniforme cáqui, entendeu isso em alguma medida, pois olhou para a rede de mosquitos e suspirou. Seria ele mesmo um melancólico?, inquiriu Jacov. Álvaro ou não entendeu a pergunta ou quis mudar de assunto, tentando nos vender as delícias de Montevidéu, as charmosas tabernas e as rinhas de galo vespertinas. Jacov estava cético e eu, inútil, ainda atarantado após noventa dias de mar, noventa dias que chacoalharam a medula da minha alma; nunca antes o meu equilíbrio fora tão perfeitamente banido; era como se eu estivesse em cima de um globo sempre em rotação e não conseguisse fazê-lo parar. Sendo arremessado por sobre o Atlântico, eu sentia estar arfando a caminho da minha aniquilação. Jacov com frequência se unia a mim na cabine enquanto eu suplicava a Deus que terminasse o seu trabalho e me levasse, para me libertar daquela espiral da morte, o que meramente fazia Jacov rir, pairando em cima de mim como se ministrasse um exorcismo, insistindo que eu continuasse, insistindo que eu estava mais próximo do que jamais estivera da melancolia pura, insistindo que o pináculo, a coroa e o manto da melancolia eram já meus. À medida que o navio arremetia e o mundo adernava, Jacov insistia que eu era prisioneiro de minha própria alma, que o meu medo de sofrimento era irracional; eu devia, disse ele, prantear os jovens anos que agora estavam atrás de mim e aceitar a miséria da existência. Em vez disso, vomitei. Felizmente, uma vez desembarcado, senti a terra desacelerar pela metade, e agora todos nós fazíamos turnos espreitando em silêncio através das redes. As ruas poeirentas prometiam muito pouco, e Jacov, aparentando impaciência, com os seus *Livros de origem* que se avolumavam por baixo do colete, inquiriu sobre o paradeiro de Ulrich. No cais com nossa bagagem, eu lhe disse. Jacov estalou a língua e Álvaro, suando de modo profuso, fitando com desconforto a compostura arqueada de Jacov, sugeriu que seria sábio levar um padre para o interior, o que foi recebido com uma cacarejada de Jacov. Para quê?, perguntou Jacov. Não precisaremos de padre nem de Deus enquanto eu tiver isto, disse ele, coçando o colete no lugar em que os *Livros de origem* descansavam escondidos feito pergaminhos antigos, e, demonstrando um interesse maior em Álvaro, Jacov subitamente instou-o sobre sua composição ancestral e nacional. Uruguaio?, perguntou. Argentino? Vejo que tem olhos verdes... Ancestrais europeus, talvez? Um quê de holandês ou inglês? De novo Álvaro pareceu confuso, talvez ofendido, pois provavelmente era incomum, de fato rude, perguntar a linhagem de um homem que se acabou de conhecer, mas para Jacov isso era tudo o que importava e formava o fundamento de algumas das suas decisões mais importantes. Eu, por exemplo, era seu braço-direito e Ulrich, seu esquerdo, não devido a talentos extraordinários quaisquer de nenhum de nós, mas porque Jacov tinha dificuldade em confiar em um alemão como Ulrich tanto quanto em um conterrâneo croata como eu; meu entendimento inato da melancolia, afirmou ele, embora não manifesto e reticente, era mais intenso e profundo que o de um alemão, já que a melancolia desse existia dentro dos confins de uma mente alemã e um coração alemão, os quais pertenciam, é claro, a uma alma alemã. O alemão, alegava Jacov, tem o desejo constante de superar ou confrontar a sua melancolia, ou, em alguma medida, *devorar* a sua melancolia, o que é tolo e ridículo e o motivo porque os alemães jamais aceitarão plenamente a amplitude de uma alma melancólica. O húngaro, depois do croata, é o melhor melancólico que há, famosamente diria ele, pois todos sabemos que perto de um croata não há ninguém na Terra que entenda ou intua ou compreenda mais a melancolia senão um húngaro, contudo o croata continua superior, já que ele contém melancolia não só no coração mas na própria fibra do seu ser, e mesmo nos seus momentos mais felizes, mais festivos, um croata irá estacar, esbofeteado e silenciado por sua natureza melancólica, com o súbito lembrete de que tudo é fútil e viver com uma consciência constitui uma barreira impiedosa contra a felicidade, que é, claro, o permeável e inexpugnável muro da existência, e embora o húngaro chegue muito perto do croata, ele fica um ou dois dedos abaixo, pois eu já vi, argumentou Jacov, húngaros perfeitamente miseráveis se perderem em batismos e casamentos, até mesmo nas vitórias dos seus times de futebol, subitamente se esquecendo de si e do miserável quinhão que é a vida, e genuinamente divertindo-se, e no fim, isso os desqualifica inteiramente. Os bósnios são melancólicos prudentes, propôs ele, melancólicos práticos, acrescentou, melancólicos responsáveis, concluiu, mas não chegam nem perto do segundo lugar, o húngaro melancólico, que, ao crepúsculo, quando a luz diminuta lhe incide sobre a fronte no ângulo mais auspicioso, era uma das visões mais bonitas que Jacov jamais tivera. A melancolia judaica era um tema à parte, declarou ele, e algo que se recusava a examinar, pois o sofrimento do judeu era um cisma, uma fenda, uma interminável charada que ele só cogitaria navegar uma vez que as suas experiências houvessem amadurecido. O russo era um melancólico francamente brilhante, mas era apaixonado pela própria melancolia, de modo que era sentimental e constrangedor de ver, e se tornava teatro puro, praticamente uma pantomima da melancolia verdadeira, uma vez que a melancolia pura e inalterada não produz lágrimas ou faz cenas, e com certeza não faz exigências de outrem. A melancolia, professava ele, é um hino, uma folha que cai, um curso d'água que congela na quietude mortal do inverno. A melancolia é o canto do rouxinol e a harmonia sem palavras de uma pradaria, disse ele, agora apertando o peito. Esses sentimentos, ditos em alemão rápido e fervoroso, que com certeza Álvaro não era capaz de compreender, lembravam as mesmas palavras que eu ouvira da primeira vez que conheci Jacov onze anos antes. Lembrei-me da sua voz profunda, ressonante, tremendo no convés superior do Sanatório e Balneário Holstooraf, onde eu estivera recluso para um programa de tratamento dos meus pulmões, aonde tantos iam para se banhar e se deleitar no cálido sol de agosto suspenso na tarde como se tivesse sido suplicado pelas aglomerações de turistas pálidos e rechonchudos. Subi a escada de madeira em busca daquele mesmo sol apenas para ouvir o sotaque croata tão familiar aos meus ouvidos, um sotaque que espinafrava todas aquelas pseudomelancolias que atulhavam o balneário, todas aquelas melancolias desbotadas, ladrou ele, aquelas melancolias contrafeitas, gritou, pululando feito enguias gordas. Era-lhe nauseante. Fico nauseado, disse, observando vocês *receberem a cura*, enrugando-se nas suas roupas de banho sem nenhuma vergonha, sem nenhuma noção de decência ou respeito por aqueles à sua volta, roupas de banho essas, disse ele mais tarde, que expunham as mediocridades que eles eram, pois como poderia uma alma se haver com sua natureza melancólica enquanto se esfregava óleo por todos aqueles corpos superalimentados, corpos, indicou ele, que continham melancolias muito mais fracas e muito menos notáveis que a dele. Mais estúpidas também, e, para ser sincero, disse, menos heroicas e espirituais que a sua distinta tristeza. Melancolias abomináveis, gritou ele, melancolias hediondas, ladrou, melancolias egrégias que deslustravam sua própria melancolia, mais verdadeira e virtuosa, sua melancolia mais *sagrada de todas*, francamente arruinando a autêntica melancolia que o havia acompanhado desde sua pálida e pesarosa juventude naquele poço frio que era o seu lar com pais rígidos e desamorosos e uma irmã enfermiça, gêmea ainda por cima, uma companhia fiel, a única que captava as verdadeiras dimensões da alma de Jacov, uma gêmea que ele ajudou a acalentar o melhor que pôde até o falecimento dela, acrescentando um verniz, um brilho, um lustre à sua própria melancolia enquanto passava os cinco anos seguintes concebendo maneiras de fugir de Knin, aquela mancha horrível, aquela vergonha para a Croácia e para toda a Europa, uma eterna marca escura na sua alma outrora imaculada que, mesmo depois que conseguiu fugir após todos aqueles anos, nem uma só manhã se passava sem que Jacov acordasse sentindo que havia voltado para o mesmo lugar, ou melhor, que jamais o havia deixado. Ele estava amaldiçoando os banhistas, catalogando os seus achaques, quando pousou os olhos em mim. Eu havia acabado de chegar, de todo ignorante do motivo daquele meu surto, e, ao observar o rosto dele, os olhos azuis trêmulos e possuídos de uma mania quase carnal, não pude entender para o que olhava, pois eu era jovem e inexperiente e não havia visto muito do mundo e, coletivamente, os humanos me transmitiam a impressão de ser uma espécie assaz tranquila. Naquela época, Jacov não havia ainda perdido todo o cabelo, mas as laterais da sua cabeça eram inteiras um fulgor louro e ralo rajado de um laranja furioso; ele lembrava um palhaço irritado cuja maquiagem tinha derretido ou fora removida por um clima inclemente, ou talvez um palhaço que por anos estivera desempregado, porém interpretava o papel por lealdade ou teimosia. Ele me entreouviu quando pedi uma toalha ao criado e imediatamente reconheceu meu sotaque dálmata, um sotaque, conforme ele mais tarde explicou, para sempre embebido na inexplicável tristeza nativa da região, uma tristeza singular e inimitável e apenas obtida por uma vida passada na Croácia, com as suas cabanas camponesas, a sua dieta pobre, os seus penedos rochosos e, é claro, aquelas suas colinas nojentas que conferiam ao nativo uma perpétua sensação de deslocamento, uma tontura que, na cabeça dele, não tinha nenhuma cura conhecida. Um conterrâneo croata!, gritou ele num tom que não podia ser confundido com nada além de um insulto aos turistas franceses e alemães e austríacos que aproveitavam o sol, que recebiam a cura no Sanatório e Balneário Holstooraf para saborear suas vistas opulentas e acomodações fastidiosas bem como os intermináveis pores do sol que emprestavam até mesmo às almas mais geladas uma sensação de nostalgia. Jacov exigiu que eu me sentasse na cadeira ao lado da sua, e assim teve início a nossa relação. Foi ali também que Jacov encontrou Sonja, recém-aposentada da prostituição; uma judia que trabalhava de atendente no Holstooraf, à época, ainda com ambas as pernas intactas, a anos de distância de perder uma delas e, portanto, ganhar aquela manquitola que era imediatamente reconhecível conforme ela martelava o chão da propriedade de Jacov em Stuttgart, a cadência e o peso dela comunicando a intensidade do seu mau humor, sem mencionar seu tique, ao mesmo tempo esperto e perturbador, de riscar fósforos na perna de madeira para acender os seus cigarros holandeses. Jacov inquiriu sobre a região da Croácia de que eu provinha, bem como de que afecção eu sofria. Você espera sobreviver ou morrer aqui? Sobreviver, respondi timidamente, sobretudo porque eu era jovem e possuía uma penugenta camada de otimismo a recobrir minha alma virgem, e, para ser franco, não estava muito doente, mas o diagnóstico de tuberculose que quase se formou nos lábios do médico, que quase escapou da boca do médico, que eu quase ouvi ser dito em voz alta, foi o suficiente para me enviar a galope de volta para casa e prontamente fazer minha mala. A mera antecipação de um diagnóstico de TB, e lá fui eu, pois eu podia não estar particularmente indisposto, mas não estava também decerto disposto, e talvez, conforme o meu padrasto insinuou, eu fosse um neurótico raquítico, contudo ele não era médico, só um queijeiro frustrado e infeliz, e quem é que poderia dizer de que doença se tratava ou não? Por fim, foi diagnosticada como uma variedade leve de bronquite, mas isso só foi descoberto mais tarde, depois que meu destino havia sido selado, ou seja, depois de minha visita ao Holstooraf e de ser apresentado a Jacov e às suas deblaterações e aos seus insultos, que eu nunca antes vira iguais, cuspindo saliva e com os olhos feito bolas de gude ingovernáveis, e assim o meu destino foi determinado enquanto Jacov maldizia as desgraçadas e falsas melancolias que nos cercavam, melancolias repugnantes que o sufocavam e o deprimiam e empurravam sua própria melancolia para mais longe. Essa falsa melancolia, disse ele, força a minha autêntica melancolia a se obscurecer, a se escafeder e a se mascarar. Eu pensei que a ausência de melancolia era algo a se aspirar, disse eu, sugerindo que uma vida de busca da felicidade parecia o ápice de uma vida bem vivida; Jacov não pôde conter o riso, que lembrava o som de inescrutáveis morceguinhos sobrevoando o convés do Holstooraf rumo aos penedos cada vez mais sombrios. Isso, disse ele, bem como outras coisas que já observara, confirmava o quão pouco eu sabia. A melancolia, asseverou ele, a tristeza não manifesta e espiritual da alma, é transcendental, divina, não é nada de que uma pessoa sábia deve fugir, pelo contrário, é algo que se deve enfrentar, algo a que se aspirar. Uma vida perfeita, disse ele, uma vida realizada, uma vida de esplendor radiante, acrescentou, era uma vida vivida em constante melancolia, e ali, eriçou-se, apontando para os corpulentos turistas, os saudáveis, bem como os doentes, estavam almas em constante *recuo* da melancolia, em constante *fuga* da melancolia, quer dizer, em outras palavras, almas em constante *busca* da felicidade, o que, concluiu ele, era tão tolo quanto tentar perseguir ou escapar do próprio destino, um destino que me viu onze anos depois subornando Álvaro Diego Astillero com moeda alemã, a qual ele recusou com educação, e Jacov deslocando de novo os *Livros de origem*, que lhe estavam incomodando a barriga, inquirindo sobre o segundo negócio mais importante, que era, é claro, a cocaína, e se ela estava prontamente disponível em Montevidéu. A quantidade que ele havia inalado ao cruzar o Atlântico diminuíra em muito a sua provisão. A droga foi, em muitos sentidos, a fonte da nossa primeira crise no interior, pois foi o impiedoso desejo de Jacov por ela que agravou a nossa escaramuça com os indígenas yaros mal passadas semanas de nossa expedição. Jacov não obtivera droga bastante em Montevidéu, e vimo-nos, dentro de curtíssimo período, lidando com um Jacov extremamente colérico, um Jacov apático e desanimado, um Jacov ora irascível, ora taciturno, sem disposição para caminhar ou falar, irritado com as árvores, com o ar úmido, com o coro polifônico de ruídos equatoriais vindo de todos os lados, sons esses que os primitivos teriam considerado uma sinfonia, mas que aos nossos ouvidos europeus eram petulantes e enervantes e uma violação do bom gosto. Ainda não havíamos nos acostumado à floresta, e a voz ressoante de Jacov, como sempre, falava por mim e por Ulrich. Esta selva vil, espumou ele, esta selva monstruosa, maldisse ele, esta selva inescrutável com sua impenetrabilidade ofensiva e nauseante! O humor dele tornava a aproximação impossível, e oscilava entre a taciturnidade e a fúria; as árvores e a lama, a bruma suspensa no nível dos olhos; a própria existência começou a lhe cair mal. A ameaça de esgotamento da cocaína pairava diante dos olhos de Jacov como uma danação iminente. Com frequência ele parava no meio do caminho, forçando a comitiva inteira a se deter, simplesmente para inspecionar os sacos remanescentes, obcecado com o seu tamanho diminuto e, como se para torturar-se ainda mais com um ato de autossabotagem, cheirar mais. Os yaros se aproximaram de nosso acampamento de manhã cedo; foi Ulrich quem os avistou primeiro. Madrugador que era, Ulrich estava acordado fazia horas, enrolando cigarros em cima de um toco de uma árvore e ponderando sobre as coisas como lhe era de hábito, os olhos vidrados, o amplo corpo numa pose de concentração aguda, como se contemplasse a natureza da existência, um homem de poucas palavras mas grande profundidade, profundidades que nunca vi em primeira mão, mas que Jacov me garantia existirem, e no fim foram a gentileza de Ulrich bem como a lealdade mútua a nosso amo que formaram o nexo de nossa ligação. Ulrich tinha duas armas secundárias, com as quais disparou para o ar a fim de alertar o acampamento, o que causou confusão e levou três guias a correr floresta adentro para nunca mais serem vistos. Um yaro atirou uma única flecha que, a princípio, pareceu assaz inútil, e arqueou por sobre a solitária nesga de céu aberto, aparentemente demorando-se no ar por um minuto inteiro antes de virar inocente para baixo e se assentar direto na coxa de um jovem guia, nada muito grave, porém para almas como as nossas, desacostumadas à violência, era uma visão estarrecedora. Contudo, Ulrich permaneceu calmo, Ulrich, cujo passado fora um vago rabisco de formas nebulosas, portou-se com grande firmeza, pois se percebia de pronto, ao conhecer Ulrich com seu maxilar proeminente e a simetria abstrata da sua testa generosa, sem mencionar a cicatriz de dez centímetros que anunciava que *este, este homem aqui* era um homem perigoso, *este* era um homem que não se podia desdenhar ou desafiar, pois Ulrich não era meramente formidável mas também inteligente, e quando se empertigava, parecia um edifício moderno ao erguer seu corpo para além de onde uma pessoa normal, uma pessoa *razoável*, já teria terminado. De qualquer modo, seis ou sete yaros se aproximaram com lanças de prontidão, uma pletora de plumas vibrantes cobrindo-lhes o crânio, bem como brincos e pinturas faciais elaborados e arrepiantes. Por meio de uma sequência de gestos e barulhos contundentes, Ulrich conseguiu tranquilizar os agressores, embora os guaranis, nossos guias, tivessem uma rixa de longa data com os yaros acerca de uma troca envolvendo cana-de-açúcar ou soja, ou talvez fosse arroz, e uma das duas tribos, não sei qual delas, sentiu-se lograda, embora pudesse ter sido o casamento da filha de um chefe e o seu dote que haviam causado a discórdia, ninguém tinha certeza; no entanto, a Providência, tão rara e inescrutável, sorriu sobre nós porque as lanças foram baixadas e as tensões, relaxadas. Pergunte se eles têm cocaína, instou Jacov, nem um pouco curioso sobre a animosidade entre os yaros e os guaranis que tinha deixado o ar da selva denso de ressentimento, pois o foco que Jacov dedicava à obra da sua vida ele dedicava igualmente à cocaína, e a atual necessidade de consumir a droga subjugava o seu desejo por qualquer outra coisa, e quando Jacov ficava assim, suas meditações sobre a melancolia, seu amor pela melancolia e seu fervor sobre a melancolia desapareciam por completo. Felizmente, os yaros tinham grandes quantidades de cocaína, embora em outra forma, e era raro que a usassem, com exceção de cerimônias religiosas ou para celebrar a morte de um deus ruim, acho eu, embora eles talvez tenham usado a cocaína em ritos medicinais e funerários; era tudo mistificante, em grande parte devido ao nosso intérprete, Javier, um espanhol altamente recomendado por Álvaro Diego Astillero pelo seu conhecimento dos costumes locais e pela sua suposta compreensão das línguas faladas dentro da floresta, mas claramente desprovido das habilidades de conversação exigidas para manter o perigo a distância. Por insistência de Ulrich, Javier avançou um passo, contudo, ele era um tipo nervoso, com um tique no olho esquerdo e uma atordoante incapacidade de inspirar confiança. De fato, ao saber das raízes espanholas dele, Jacov gastara um dia todo em frenesi tentando encontrar um substituto, a poucas horas de nossa marcha inaugural rumo à floresta Gualeguaychú, pois nada era mais desgraçado que um espanhol, deblaterou Jacov, calcando as ruas de Montevidéu comigo em fila, nada mais abominável e falso e risível que um espanhol e a sua relação com a melancolia, nada mais insultante e rasteiro que um espanhol tentando explicar a sua relação com a melancolia, disse Jacov, porque era o mesmo que alguém explicar a relação que tinha com um fantasma ou um espectro, em suma, algo inexistente, já que o entendimento do espanhol a respeito da melancolia era nulo. Eu vi espanhóis tentarem invocar a melancolia e é repugnante, disse ele, é uma farsa, ralhou, um belo de um tapa na cara. Ao fazer o contorno nos Andes em direção ao Rio Negro, as suas deblaterações aumentaram, não muito diferente, notei, da funesta ressonância das ruas, do caos implacável, dos telhados corrugados de cada estrutura que ameaçavam o seu colapso iminente. Certa vez passei uma semana em Madri, ele praticamente cuspiu, Madri, você a conhece? É claro que a conheço, eu disse. De toda maneira, disse Jacov, eu estava em um seminário discutindo a abundância de angústia na mitologia grega, e vi com os meus próprios olhos, disse ele, sim, vi a típica ignorância espanhola sobre a melancolia, a típica desconsideração espanhola pela melancolia, a típica abordagem espanhola rasa e mundana à melancolia, e o fedor não abandonou minhas narinas desde então; depois, ao cruzar Artigas, aproximando-se do Barrio de Aguada, Jacov, agora totalmente reanimado, declarou, na Espanha me senti cercado de bárbaros, e deixei o país completamente enojado. A pura abundância de amor-próprio e de aspiração à felicidade é simplesmente revoltante, disse ele, e é uma coisa que jamais esqueci, porque a incapacidade que têm de entender os detalhes ou pontos mais refinados ou efêmeros da melancolia se põem em direta oposição à nossa causa e aos meus estudos e à minha própria obra-prima, disse, subitamente reclamando do prurido produzido pelo papel velino dos *Livros de origem*, que haviam ficado de encontro à sua barriga durante toda a viagem ultramarina bem como nos nossos primeiros dois dias no Uruguai; cada vez que os pegava para rabiscar mais uma teoria ou anedota, irritavam-lhe a pele, e eu achei particularmente enervante observá-lo espremer a obra-prima de volta ao sacrário atrás do seu colete de caimento justo, um colete que outrora, quando Jacov era mais jovem, poderia ter sido folgado, mas que agora pressionava a sua pança cada vez maior, uma pança que se anunciava, por exemplo, numa sala, segundos antes que o resto de sua pessoa. Horas depois de contratar Javier, na nossa última noite em Montevidéu, eu insisti que ele tirasse os *Livros de origem* para dormir. Você bem que gostaria disso, não é, bufou ele, praticamente me acusando de traição. Contudo, nem três semanas depois, o nosso mundo havia se transformado por completo; examinávamos Javier, com o seu queixo caído e a sua estupidez, enquanto ele tentava argumentar com as duas tribos e aventurava-se a localizar a junção entre três línguas, todas que, parecia evidente, ele conhecia muito pouco. Um sentimento imediato de desassossego emergiu quando o linguista tentou encontrar algum tipo de linhagem da fala humana; enquanto isso, Jacov e eu nos revezávamos amaldiçoando Álvaro Diego Astillero, um homem plácido que recusava suborno, porém claramente exigia salário muito maior. No fim das contas, pudemos ser gratos a Ulrich; puxando o inapto espanhol de lado, ele logrou balbuciar algum patoá e uma troca foi feita: dois sacos de pólvora e um cantil de alumínio com uísque irlandês pela metade por algo que se descobriu ser uma grande quantidade de cocaína, ou *coca*, como a chamavam. Foi essa primeiríssima troca que ofendeu os yaros, despercebidamente, é claro, mas ofendeu mesmo assim, pois logo após a transação sentimos a constante presença deles na periferia das nossas viagens. Nem uma manhã se passava sem que um de nós — erguendo o bivaque, coletando lenha, amarrando os burros numa árvore — não sentisse os olhos daqueles nativos a observar em silêncio, lanças de prontidão, porque a paciência, alegou Ulrich, não era só uma técnica que eles haviam dominado, mas também o zênite das suas habilidades. A sua paciência impecável, Ulrich mais tarde insistiu, a sua paciência imperturbável, mais tarde observou, a sua prática da paciência que não é meramente para observação ou curiosidade, disse mais tarde com rosto macilento e palavras monótonas e pensadas, mas antes para o mais intenso entendimento das suas vítimas, para obter a vantagem mais propícia para atacar as suas vítimas, as quais, inegavelmente, éramos nós. Sim, continuou Ulrich, a sua furtividade e o seu silêncio por certo são de admirar, mas acima de tudo é a sua paciência, a paciência é o que mais deveria nos preocupar, pois eles só precisam nos observar por uma hora, duas no máximo, para perceber que não temos nem ideia da direção para a qual estamos indo, uma hora, duas no máximo, para perceber que estamos perdidos, desgovernados e asininos, que somos nada mais que um clã de néscios andando em círculos. À época, no entanto, a troca pareceu aplacar as partes envolvidas, e Jacov, aliviado de ter mais cocaína à sua disposição, voltou a ser uma vez mais o colosso do pensamento original que eu vim a conhecer e amar, meu miraculoso amo, salvador da minha existência, a luz mais brilhante da mais alta montanha, e logo a selva, em vez de um lugar de melancolia *impossível*, tornou-se um lugar de melancolia *possível*, e eu espiava a fagulha nos olhos azuis-cobalto de Jacov, a mesma fagulha que eu recordava de onze anos antes, quando refutei o destino a mim impingido pelo meu padrasto de virar um queijeiro, dizendo-lhe de modo nem um pouco incerto que eu deixaria a Croácia para sempre, que eu encontrara o meu destino no Sanatório e Balneário Holstooraf. Jacov esperava impaciente lá fora em uma carruagem, acompanhado de Sonja, pois eles haviam começado um caso ardente no sanatório, intermináveis noites de amor violento, gabava-se ele, de loucas contorções e posições animalescas que alongavam a imaginação erótica ao ponto da fissura, já que, conforme ele alegremente revelou, o apetite carnal das mulheres da Boêmia era bem documentado, e que embora o sexo, a *foda*, como ele o chamava, parecesse a coisa mais distante da melancolia, era, insistia, uma das maneiras mais refinadas e esclarecidas de desenterrar aquele nobre sentimento, e assim, repeti, eu deixaria a Croácia para sempre. Você parece curado, murmurou o meu padrasto, e expliquei que estava, de fato, sentindo-me melhor, embora pressentisse uma crise se desenvolver no meu baço e na minha lombar; produzia dores agudas que eram nítidos portentos de uma enfermidade avançada, que eu teria de monitorar atentamente e que muito possivelmente era, Deus me livre, um caso precoce de *tosse tártara*, pois uma doença catastrófica está sempre a um triz de distância, lembrei-o. Eu também começara a ter uma série de enxaquecas, *cefaleias-fantasmas*, era como as chamava, e pedi ao meu padrasto que apalpasse os meus nódulos linfáticos, o que produziu nele uma risada furiosa e gutural. Todos nós, acautelei, estamos dançando com a morte, quer saibamos, quer não; algumas almas simplesmente têm o ouvido mais aguçado aos lépidos passos da morte, ao leve arrastar dela pelo quintal das nossas vidas. E algumas almas, gemeu ele, interpretam o protagonista numa peça a que ninguém assiste. Não importa, eu disse a mim mesmo; lá fora me aguardava o meu futuro, Jacov e Sonja, visivelmente machucados de tanto fazer amor, estampando expressões de silenciosa, mas voraz sofreguidão. Um dos maiores mas menos óbvios portais para a revelação e observação e compreensão definitiva da melancolia é o ato do amor, disse Jacov do assento oposto, com o hálito frio de um precoce outono croata se infiltrando na carruagem, um frio que se aninhava nos ossos, e pude sentir o meu lar ancestral diminuir cada vez mais conforme a distância, o mesmo lar onde eu vira a minha mãe se casar de novo e morrer logo depois, enterrada nem a dez passos do pai que nunca conheci, a mesma aldeia onde eu combatera uma sequência de variadas enfermidades que me forçaram a especular, agora em reverência, como fora mesmo possível eu chegar aos 24 anos. Jacov e Sonja estavam agarrados debaixo de uma manta, e Sonja, que de boba não tinha nada, pouco falava enquanto Jacov amaldiçoava o solo pelo qual viajávamos, o banal solo croata, imprecou ele, o pesado solo croata que havia envenenado a sua existência, o esgotado solo croata que carregava sedimentos e escória da danação da alma, e fora, na verdade, somente minha jovial promessa de ser seu assistente que o convenceu a empreender esse longo desvio indireto para pegar os meus pertences, pois a Croácia e o solo croata detonavam as memórias mais desgraçadas e inextricáveis da juventude dele. Eu amaldiçoo este revoltante solo croata, espumou ele, este solo que me dá urticária, ladrou, este solo que é muito mais fraco e mais diluído e inclemente que outros. Mal posso esperar o momento de cruzarmos a fronteira, porque o solo de nenhum outro país é tão feio ou asqueroso ou petulante quanto o solo croata; pode-se dizer o quão repelente é só de olhar para o chão, murmurou ele, e no momento em que entrarmos na Áustria, descerei desta carruagem e beijarei o solo austríaco, não porque se trata de solo austríaco, que não é diferente do solo sérvio ou húngaro ou esloveno, mas simplesmente porque *não é* croata, e embora a geografia, em tese, tenha pouco a ver com a melancolia, na prática a geografia tem *tudo* a ver com a melancolia, e o céu sempre escurecido traía um otimismo que eu sentia fundo em minha alma, pois eu estava deixando o lar e a aldeia e o padrasto que havia demonstrado pouco amor e apenas uma perplexa e míope obsessão com a produção de queijos; enquanto isso, a carruagem prosseguia rumo a um futuro incerto; a costa dálmata recuava enquanto Jacov repreendia a terra do nosso nascimento mútuo. Não conseguirei me conter até cruzarmos a fronteira, continuou ele, pois a Croácia é a fonte do meu sofrimento. A única coisa pela qual devo agradecer à Croácia é a minha precoce introdução à melancolia, por cultivar um conhecimento íntimo da melancolia. Pousando a mão na bochecha de Sonja, Jacov exalou o suspiro de uma centena de anos. Fazer amor, opinou ele, perscrutando o olho escurecido de Sonja, o intercurso sexual, continuou, o desejo de conectar-se com outra alma é uma das grandes promessas da vida e, portanto, uma das grandes decepções da vida. A busca pelo amor é puro desvario, e fazer amor sempre revela, se não outra coisa, o total isolamento que há entre um e outro. Sim, conheço a melancolia desde tenra idade, disse ele, passando a falar em alemão, uma língua que nós três compartilhávamos, querendo ter certeza de que Sonja entendesse a origem da obra da vida dele e, por extensão, a sua melancolia. Minha querida gêmea, Vita, confessou ele, a minha melhor metade, o meu reflexo superior, morreu de tifo quando tinha apenas nove anos, nove anos em que conheci o que era uma alegria falsa e reconfortante, nove anos de incursões pelas íngremes colinas da minha infernal e pesada Knin, embora à época não tão pesada, não, não uma Knin que eu odiava e desprezava, não até que ela tirou a minha Vita de mim, a minha Vita e o seu rosto de querubim enquanto caçava borboletas ou pássaros, correndo atrás do gêmeo manhoso e menor, eu, até à exaustão. O nosso dialeto secreto, o nosso código privado, os nossos beijos de esquimó ao cair da tarde, a nossa língua exclusiva que só nós entendíamos, praticada em sussurros e expressões, em bilhetes passados por dentro de livros ou símbolos riscados na poeira à medida que os habitantes ficavam mais e mais incomodados com nossa autoabdicação da vida na aldeia; eles ponderavam sobre a nossa alteridade, imaginavam por que éramos tão estranhos e inacessíveis, por que estremecíamos ante a aproximação de outras crianças e achávamos todos os seres humanos, incluindo os nossos pais (*especialmente* os nossos pais), vulgares e assustadores. Os anciões da cidade queriam que Vita e eu frequentássemos a igreja todos os dias até nos tornarmos o que consideravam ser o *normal*, em essência, para nos tornarmos menos desagradáveis. Queriam nos apartar, queriam educar Vita e eu separados, queriam que frequentássemos escolas diferentes, e quebrar assim o elo do nosso amor, pois nossa conexão fanava quando estávamos distantes e, da mesma forma, fortalecia-se na proximidade. Nada os teria deixado mais felizes do que nos separar, diminuir a força que compartilhávamos, uma força que não conseguiam ver com os próprios olhos, porém era evidente na maneira como nos dávamos as mãos quando passeávamos pela cidade ou pela língua que inventamos e falávamos em voz alta sempre que uma pessoa se aproximava. Os habitantes eram uns caipiras ordinários, disse Jacov fervoroso, caipiras aprisionados numa aldeia aprisionada pela geografia aprisionada na mediocridade da própria existência. A aldeia e a sua obsessão doentia pela maneira como Vita e eu nos dávamos um com o outro e alimentávamos um ao outro de um jeito não muito distante do de uma mamãe-pássaro alimentando os filhotes, como falávamos o nosso próprio idioma, como negávamos a existência de outros; eles acreditavam ser obra do diabo. Inerentemente, queriam decodificar ou, talvez, destruir a língua que ela e eu inventáramos. A culpa da morte dela eu atribuo a eles, os malditos anciões e meus pais indiferentes, que capitularam ante uma aldeia repleta de preconceitos sobre quem éramos. Em toda oportunidade nós fugíamos, corríamos até o regato atrás da nossa mansão para ficar a sós, para sermos nós mesmos, para falar a nossa língua particular, pois nenhum de nós se sentia encorajado a usar a língua comum dos croatas, e quando pediam que recitássemos o alfabeto croata na escola, nós bufávamos, e Vita com frequência cuspia, e posso mesmo vê-la agora, vibrante, as bochechas vermelhas, arrepanhando a saia para caçar sapos ou pegar girinos, para esparramar-se, exaurida, na densa relva ao meu lado ou, da mesma forma, parar no meio da brincadeira de estrela e então sussurrar no meu ouvido: *ughf dün stlpt*, que, em nossa língua particular, significava que ela me amava e sempre amaria, e os medíocres atoleimados que todo domingo louvavam um Deus medíocre e que atulhavam as suas casas medíocres em Knin com coelhos assados e guisados indigestos e o odioso *ričet*, toda a culinária da Croácia, a qual eu não desejaria a um inimigo, sendo a dieta croata imprópria para consumo, na verdade uma dieta *em desacordo* com o consumo, não, eles nunca entenderiam, porque fundamentalmente as suas almas eram incapazes de entender, mas também porque a língua que Vita e eu inventamos era impenetrável. A coragem dela, disse ele, a sua alma elemental, confessou, o seu cabelo vinho-escuro, expôs, a sua fé inabalável em nosso laço eram o que me mantinha vivo. E, então, ela se foi, disse; levou menos de uma semana da primeira tosse tifoide de Vita até a última oração sobre o seu caixãozinho para que a sua ausência de minha vida se completasse. Não foi diferente de remover uma perna ou um braço, disse ele, ou, para ser mais próximo da verdade, meu coração. Fiquei completamente fendido. Jacov coçou as finas mechas de cabelo acobreado por sobre o crânio, e, observando-o fitar a paisagem outonal que se descortinava, não pude me furtar a achar o seu perfil a imagem mais bonita do mundo, um melancólico sondando as profundezas do próprio coração melancólico. Eu tinha a morte no meu cérebro, continuou ele, a morte, a morte cruel. Sonja assentiu com a cabeça, ou arrebatada ou entediada ou transitando pelas duas coisas, pois ela possuía um rosto que deixava transparecer pouco, e o seu entendimento do alemão firme de Jacov, com o seu rápido staccato e a sua insistência em palavras obscuras, era um enigma para todos. O rosto atraente de Sonja, o seu rosto formoso, o seu rosto de confiante beleza, que cativaria qualquer homem se aquele fosse o tipo dele, um rosto que vim a conhecer bem, mas que só ficou mais mistificante com o passar do tempo, como quem encara alguma coisa até os olhos se cansarem e a imagem se dissolver, pois quanto mais eu conhecia Sonja, menos eu percebia, o seu semblante era a superfície de um mar cujas profundezas continham segredos que ela se recusava a dividir e, assim, enquanto Jacov confessava as origens da obra da sua vida, ela simplesmente assentia. Fantasmas visitaram o meu coração, meditou Jacov, eu vagava pelos aposentos da mansão da família topando contra as paredes. Não consigo contar as vezes que me machuquei em uma solitária e tardia caminhada noturna, apático, desolado, seguramente perdido sem a minha outra metade. Eu era um anjo com uma asa cortada que topava contra paredes escuras, batia nas portas do túmulo sepulcral que era a nossa propriedade, pois a minha família detém um sobrenome ancestral de renome em Knin; o meu sobrenome é Reinhardt — você o conhece? Talvez da Tabaco Reinhardt? Um empreendimento cujos braços se estendem do Leste Europeu até Belfast, chegando mesmo a Estocolmo, bem como aos banais portos de Aberdeen e Reyðarfjörður; você provavelmente fumou cigarros com tabaco plantado no mesmíssimo solo que matou a minha Vita; daí o meu sobrenome e a minha herança terem me legado certo privilégio: a capacidade de desfrutar de uma vida que alguns podem considerar lazer; contudo, posso lhe garantir, está mais longe do lazer do que qualquer um possa imaginar, e quando Jacov caiu em silêncio, considerei a amplitude do homem que havia me encantado e emudecido, pois venho de um lugar que respeita a harmonia e o comedimento e, da mesma forma, um lugar que desconfiava das paixões, na verdade, desprezava as paixões e via com apreensão o menor dos sinais de um sentimento apaixonado por qualquer coisa que fosse, música ou poesia, até mesmo a criação de animais, pois a paixão era vista como uma espécie de loucura, uma implicação do lunatismo, sendo a paixão a porta de entrada para uma espécie de pesadelo; portanto, a entrada de Jacov na minha vida, com as suas maldições contra os jubilantes desmiolados tomando sol em Holstooraf, não foi somente uma novidade para mim, mas o chamado de uma sereia. Ai de mim, continuou ele, eu fiquei órfão; o que outrora era um lar avivado pela minha gêmea, o meu espírito guia, o meu reflexo superior, tornara-se um túmulo; os maus espíritos martelavam nos meus ouvidos, sussurravam insultos *ad infinitum*, e os meus pais mal notavam, sobrecarregados como estavam pela estiagem daquele ano e pela obsessão com a fraca colheita de tabaco e com aquilo que acreditavam ser o fim da sua prosperidade. Eu sofri alucinações, insônia, e na minha punitiva vigília sonhei com ninfas e querubins a flutuar na luz límpida, o meu duplo de cabelos arruivados boiando na minha imaginação. Naqueles tempos sombrios, senti o fantasma da minha Vita em todo o meu redor; eu falava com ela na nossa língua oculta, um idioma aparentemente inventado no líquido amniótico, aquele tempo bucólico antes de sermos arremessados neste mundo desesperador, e prometi levá-la comigo aonde quer que eu fosse, que ela sempre estaria comigo, e foi na minha própria vontade de morrer que por fim comunguei com a minha angústia; ou seja, tive uma iluminação ou premonição, um momento de claridade, e descobri, em toda a sua glória impermeável, a melancolia. Quando a maré baixou e eu caminhei pela orla do meu próprio sofrimento, descobri algo de profunda ternura: o estado natural da humanidade. Em desafio às boas ou más novas, às falsas expectativas, às idas e vindas da vida normal, percebi que se pusesse tudo aquilo de lado, se ignorasse o pressuroso pulsar da humanidade e as suas centenas de milhares de inanidades, talvez, então, eu pudesse pôr em palavras esse estado de perpétuo luto que todos sentíamos, quer o conhecêssemos, quer não. Melancolia. A alma melancólica. Todos somos melancólicos, somos inerentemente construídos dessa maneira, mas gastamos a nossa vida ocupados com o ato da negação, tentando nos esquivar do nosso estado mais natural, porém, se deixada sozinha por tempo bastante, a melancolia vem à tona; está sempre lá, inesgotável, inconquistável. Os filósofos têm rotulado a melancolia como doença, alegando se tratar de tristeza sem razão, porém eu estava certo de que se tratava de tristeza *da* razão. Quando se é melancólico, vê-se a realidade com total lucidez. Os melancólicos são os abençoados deste mundo, videntes e visionários, e, enquanto Jacov falava da sua melancolia, ele se tornava menos melancólico, porque, para estudar essa emoção, percebi, era preciso deixá-la para trás, pois a melancolia suga a força, empana o espírito, erode a aptidão, e uma das mais cruéis ironias da melancolia é a força que o seu estudo requer. Ela se tornou a minha salvação, confessou Jacov, e quando já tinha idade, fugi da Croácia, primeiro rumo a um internato e mais tarde a várias universidades, e logo me vi em Berlim sob a tutela do célebre filósofo Otto Klein, o ilustre Klein, o eminente Klein, por três longos anos antes de passar a desgostar de Klein. Três anos até eu renunciar a ele, disse Jacov, dar as costas para o seu flagrante anátema com relação à melancolia, a sua falta de seriedade com relação à melancolia e a sua auto-unção como inimigo da melancolia, três anos a observar Klein cagando para a melancolia, divergindo da importância da melancolia antes que eu assumisse para mim a tarefa de me atracar com os fardos da melancolia, a melancolia e os seus copiosos ramos, uma batalha nobre, para dizer o mínimo, pois o estudo sério nunca se voltara para a melancolia exceto na qualidade de doença, e como se pode esperar aplicar o estudo sério a um tema se o próprio tema escolhido é considerado um inimigo? Não, é preciso cortejar e se amigar e tornar-se íntimo do tema se se esperam resultados sérios. Otto Klein, cuspiu ele, queria *curar* e *abolir* a melancolia, ao passo que eu desejava *celebrar* e *proliferar* a melancolia, e levaria anos para apagar a influência *kleiniana*, sendo a influência *kleiniana* tão forte que se prendia a todo pensamento, a fim de imitar e espelhar e, portanto, estontear todo pensamento estupendo que alguém pudesse ter, bem como os próprios estudiosos *kleinianos*, ovelhas que saudavam o trono de Klein em adoração e louvação *kleinianas*, seguidores *kleinianos* que se propagavam a todo momento e surgiam nos lugares mais inconvenientes, cafés e bares a céu aberto e os corredores glaciais do desensino superior, acotovelando-se e empurrando-se, sempre avante, com hálito de cerveja e dentes amarelados de café, piando como pássaros idiotas: *O senhor já leu o último artigo de Klein? Ficou sabendo da última escapada de Klein? Ficou sabendo o que Klein anda aprontando agora?* Charlatães, pseudointelectuais, todos eles imbecis, espumou Jacov, porque para ser *kleiniano*, isto é, um seguidor, um crente, um devoto de tudo o que é Klein, era preciso estar em oposição à verdade e ao conhecimento e a uma compreensão geral do pensamento lúcido, e, da mesma forma, um verdadeiro *kleiniano* é moralmente vago, psicologicamente desmazelado e falido de pensamentos originais, e eu iria ainda mais longe, disse Jacov já indo mais longe, para dizer que um *kleiniano* é um inimigo de todo pensamento sério. Mas perseverei, disse ele, empreendi minha fuga de Klein e da *teoria kleiniana*, e, a despeito de alguns desvios banais, confessou ele, por fim ele se viu no Sanatório e Balneário Holstooraf, recobrando o juízo, ordenando os pensamentos e se fortalecendo para a tempestade vindoura, meses antes de ter mesmo começado as suas primeiras meditações sérias acerca da melancolia; tudo o que tinha à época, na verdade, era uma coleção de notas e apontamentos misturados em uma maçaroca à sua bagagem, e não pude me furtar a rir enquanto os nativos me transportavam para o topo da montanha numa maca, uma copa de palmeiras a ensombrecer o meu rosto, a rir da febre nas minhas entranhas, a rir da minha juventude imaculada, agora de todo abandonada, a juventude que eu confiara, não, que eu transmitira a Jacov para que usasse ao seu modo, uma década perdida, cedida a Jacov para que a conformasse e amoldasse feito barro, para que um dia, talvez, refletisse a sua própria e radiante imagem. Eu praticamente alcançara a idade de Jacov quando da ocasião em que nos conhecemos, e embora a minha febre provavelmente houvesse disparado, eu ainda tinha um bocado de fé, pois Jacov nos garantiu que não estávamos batendo em retirada, a despeito do fato de que havia mais gente do clã original do lado de lá, perecida devido a saqueadores e doenças e abandono, para jamais voltarem a ser vistos, do que no triste bando que ficara: uma dúzia de indígenas; dois tropeiros; aquele linguista inútil, Javier, por cuja morte todos nós silenciosamente rezávamos; e um par de uruguaios taciturnos, cujos olhos ressentidos nos forçavam a questionar a sua lealdade. Não estamos batendo em retirada, pronunciou Jacov, machadinha na mão, estamos seguindo o Rio da Prata, retornando à capital em busca de medicamentos e provisões, a sua voz diáfana alcançando-me na maca, um par de indígenas aos lados dela, carregando-me, e Ulrich sabe Deus onde, anunciando naquela manhã que iria na frente para investigar o Rio da Prata, aquele inútil corpo de água, aquele rio desgraçado de trechos tão amplos que impediam ver o outro lado, como um oceano, um golfo, um mar revolto, o rio que refletia o horror da nossa passagem, com o medo inviolado dos yaros e dos seus dardos envenenados, das cabanas espalhadas que abrigavam tanto inimigos como fantasmas; a alma adoecida ante o próprio pensamento, e de novo ele insistiu que não estávamos batendo em retirada, que não estávamos sendo caçados, embora parecesse que estávamos, a julgar pelos fogos dos yaros crepitando por entre as árvores toda noite e pelos sons inquietantes que nos deixavam aterrorizados demais para contemplar. Estávamos seguindo o Rio da Prata, reiterou Jacov, de volta a Montevidéu para nos reagrupar, para pôr a cabeça no lugar, porque eu subestimei esta selva caótica, confessou ele, esta selva demoníaca, esta arfante massa de floresta ingovernável e desgraçada; não se trata de uma retirada, repetiu ele mais enfurecido, mais bombástico, mais resoluto do que eu o vira ser em semanas, e embora eu quisesse ter fé, não pude me furtar a pensar que estávamos perdidos, ou pior, andando em círculos, passando pelo mesmo pântano, pela mesma bacia, pela mesma clareira durante dias, pois eu estava certo de que havíamos passado Libertad e Colônia, aqueles assentamentos infinitos que recendiam à pobreza e à feitiçaria, e não foram a minha febre ou as minhas *cefaleias-fantasmas* ou o meu tornozelo quebrado, que Ulrich insistia não estar quebrado nem luxado, mas antes o meu instinto, uma profunda voz interior, que me disse que estávamos batendo em retirada, que cada vez que Jacov anunciava que *não* estávamos, ele na verdade dizia que estávamos *sim*, de fato, batendo em retirada, de certa forma se desculpando por estarmos batendo em retirada, parodiando a vergonha de estar batendo em retirada, meramente insistindo que não estávamos, de qualquer forma, batendo em retirada, mas a retirada estava já condenada desde o momento em que suspeitei que iniciáramos um círculo incessante e que íamos, na verdade, para lugar nenhum, pois não tínhamos nós passado por aquele mesmo bosque de palmeiras ontem? Nós não havíamos observado aquela tenda decrépita com cobertura de palha menos de dez horas antes, aquela maldita tenda que simbolizava toda a América do Sul, desgraçada e incivilizada e espicaçando nosso decesso? Tudo lembrava uma outra coisa, e ao virar minha cabeça admirei Jacov, estufado e arfante, tão mais velho do que a ocasião em que nos conhecemos, embora a sua certeza, o seu foco fixo, estivesse inalterado, talvez mais forte devido à influência da cocaína que ele inalava sem cessar, recusando-se a admitir o que eu já sabia, que estávamos perdidos naquela floresta infernal, e, agora que paro para pensar, que foi feito de Ulrich? Longe desde cedo, insistindo em seguir o rio, caminhando na frente em busca de perigos próximos ou, da mesma forma, qualquer coisa parecida com civilização. Amaldiçoei a sua independência; queria-o a meu lado para amenizar os meus medos, para me dizer que eu não estava morrendo, mesmo que soubesse que estava; eu jamais estivera tão certo da morte iminente em toda a minha vida. Em Stuttgart, Ulrich desaparecia por semanas a fio, a despeito do fato de que Jacov lhe havia concedido uma grande faixa de terra no perímetro da propriedade, bem como uma cabana construída conforme às precisas especificações de Ulrich, incluindo uma porção de outeiros e trilhas dedicadas à paixão de Ulrich pela criação de cães de ataque, que depois vendia com lucro para fascistas desgarrados e policiais clandestinos. O imóvel de Stuttgart, a propriedade de Stuttgart, o castelo de Stuttgart, uma residência de invenção ímpar, onde oficialmente me tornei discípulo de Jacov, onde encontrei o único lar que já conheci exceto aquele do meu padrasto, fazendo aquela viagem inaugural com Sonja rumo a Zagreb, onde Jacov prontamente desceu da carruagem para cuspir, como prometido, em solo croata, sendo aquela, manifestou ele, a última vez na vida em que pisaria em solo croata, um solo que destrói o que quer que haja de bom dentro de uma pessoa, disse ele espetando o ar com o dedo, e se o solo croata não destrói o que uma pessoa possui de bom, na pior das hipóteses encobre o que há de bom; *suprime* o que há de bom, *amortece* o que há de bom, e por fim *sufoca* o que há de bom até que morra; tudo isso ele repetiu enquanto o acompanhávamos até o trem, que nos lançou rumo a Viena e por fim a Stuttgart e ao imóvel em Stuttgart, tão vasto e colossal que Sonja e eu estremecemos no momento em que o adentramos, tantos quartos e salões e corredores de alabastro que era como uma criança solitária esperando seus amigos num aniversário que nunca chegava, pois éramos apenas nós três, Jacov, eu e Sonja: eu, um virginal pária, Sonja ainda em posse de duas pernas saudáveis e Jacov pronto para agarrar as linhas de pipa da sua obra-prima sobre a melancolia, as nossas vozes reverberando pelo soalho de mármore daquele castelo modesto, todos inseguros quanto a que quarto tomar, pois havia quase uma dúzia deles, e embora Jacov e Sonja fossem, em certo sentido, jovens amantes, ele insistia em dormir sozinho, pois o seu humor pós-coital, alegava ele, era errático e com frequência violento, e dormir sozinho calhava muito bem a Sonja, já que ambos continham personalidades vigorosas, e por mais que Jacov exibisse a sua com palavras, Sonja retratava a dela com silêncio, um silêncio brandido como uma espada, e pontuado, anos mais tarde, pelo bater da sua perna de madeira, um apóstrofo, uma exclamação, uma condenação da injustiça do mundo; além disso, Sonja insistia que aquele era um mero dia de descanso, um longo fim de semana no interior, e que ela tinha toda intenção de voltar ao Holstooraf para servir os doentes e não tão doentes, os saudáveis bem como os tuberculosos, enquanto empurrava o seu carrinho de jantar pelo chão do refeitório; um hiato, foi como ela o chamou, sem perceber que aquela se tornaria uma excursão de mais de uma década. Um dia, o imóvel de Stuttgart, o castelo de Stuttgart seria demolido, substituído por um segundo castelo de Stuttgart que se estenderia de forma diretamente proporcional à ambição de Jacov; vizinhos morreram ou foram comprados, e Jacov de pronto lhes adquiriu a terra; determinou parcelas e acumulou áreas sem pé nem cabeça, pois, insistia, ele tivera uma visão, e contanto que pudesse anexar e ligar as terras no futuro, a sua visão seria realizada, confessou ele certa vez após um dia ditando furiosamente, minha visão terá se completado contanto que os Möllers sejam dizimados, pois Jacov detestava os Möllers, que eram os nossos vizinhos mais próximos. Os malditos Möllers e a sua terra maravilhosa, cuspiu ele; estive de olho no pomar deles e gostaria de lhes comprar toda a terra, comprar a terra diretamente dos Möllers, que, na teoria, eu não deveria invejar ou desprezar, mas o faço, odeio os Möllers e aquela sua terra esplendorosa, que é tão mais sublime e atraente e estonteante que a minha, e quando vejo os Möllers zanzando por sua propriedade ou passeando no Schlossgarten sinto ganas de assassinar os Möllers; espio os vultos dos Möllers com o meu binóculo, e sou fustigado pela mediocridade dos Möllers, pela dádiva que receberam e não sabem como dispor; um mera baforada dos Möllers, uma sugestão da sombra dos Möllers, e eu perco o meu dia, e então ele perscrutou pela janela do seu gabinete, que dava para o oeste, diretamente para os desprezíveis Möllers e a sua propriedade encantada. Já falei com o filho mais velho deles, disse ele; os contratos estão completos, eles apenas precisam morrer, e uma hora os Möllers *de fato* morreram e a terra foi comprada, o pomar, demolido, agrimensores foram chamados, bem como Pierre Cuypers, o prestigiado arquiteto holandês conhecido pela esplendorosa Saint Martinuskerk, em Groningen, uma igreja, declarou Jacov, que transfigurava a noção mesma de arquitetura, com os seus pináculos e arquitraves e janelas de lancetas, um edifício, alegou, que transmitia a linguagem da tristeza com fluência total, e não havia um único dia em que ele visitava a igreja e se punha ao pé da Saint Martinuskerk, face a face com a Saint Martinuskerk, e não refletisse sobre as suas bordas imaculadas e as suas curvas sutis; Saint Martinuskerk não era um edifício ou uma igreja, explicou ele, mas um exemplo do homem em busca do impecável. Cuypers foi contratado e incumbido de criar um castelo novo e maior na sua propriedade, um castelo que sintetizasse a melancolia da alma humana com a transcendência de Deus. Quero um lar que evoque a ânsia não realizada pela vida, ele instruiu a Cuypers, um homem taciturno que ficava suspirando por causa do clima alemão, o qual, argumentava Cuypers, era muito mais frio e inóspito se comparado ao clima da Holanda, e, embora Stuttgart tivesse muito mais a oferecer, admitiu Cuypers, deixava-o com saudade de casa. Cuypers foi encarregado de erigir o castelo em um estilo que, nas palavras de Jacov, retratava um Deus perpetuamente zombeteiro fitando a nossa insignificância; assim, construíram-se

corredores que gradualmente se estreitavam até becos sem
saída, montaram-se escadarias que levavam direto a paredes;
o uso de luz emprestada e expressão muda era prodigioso,
invocado em todo aposento, passando mesmo ao visitante mais
equilibrado uma sensação de iminente vertigem; todo o teto
fora abobadado para transmitir vazio e desolação, traquitanas,
alegou Cuypers, que prontamente se demitiu depois de seis
meses, afirmando que Jacov era perigoso e inflexível, e Cuypers
foi além ao fazer a mala de regresso para Amsterdã, explicando
que o castelo que fora instruído a construir não só *não era*
arquitetura como era a *antítese* da arquitetura e, pensando bem,
até mesmo o nêmesis da arquitetura; Jacov recebeu a notícia
com indiferença, pois já estava havia meses em sua primeira
meditação séria sobre a melancolia e não queria ser incomo-
dado, cinco cadernos preenchidos e eu aos seus pés tomando
ditados ou fazendo-lhe café, enrolando-lhe os cigarros ou afo-
fando-lhe o travesseiro, a sua imaginação em brasa, a sua mente
apreendendo o divino, e, mais tarde, arquitetos menos famosos
e experientes foram contratados para terminar o castelo, e
assim transcorreram mais dez anos; mais construções perversas, mais projetos mistificadores que espelhavam as ondulações
mentais do meu mestre: os andares superior e inferior bem
como o sótão construídos com uma inclinação sutil, quase
indiscernível, e se aquilo se devia à singular visão artística de
Jacov ou à inexperiência dos trabalhadores, eu não saberia
dizer. Já entrado nos quarenta, Jacov era resoluto e incansável;
continha a energia de alguém com metade da sua idade.
Quando não estava preparando a sua obra-prima, Jacov circu-
lava pelo terreno, berrava com os pedreiros, exigia que se

aproximassem de Deus, porém de um Deus *sem empatia*, implorava ele, um Deus *cruel*, gritava, um Deus, uivava, cuja voz emudecera por causa do *troar ensurdecedor da humanidade apalermada*. Os vertiginosos contornos do castelo viriam a deixar futuros hóspedes desconfortáveis e enjoados, um imóvel inteiro aparentemente construído, disse um visitante, durante um ataque epiléptico. Soleiras davam em alçapões ou portas falsas, em enlouquecedoras charadas sem fim que Sonja e eu levávamos meses para aprender a navegar. Nada disso, é claro, subtraía algo da sublimidade da propriedade propriamente dita. Inacabado, o segundo castelo de Stuttgart era uma obra impressionante e visionária de desenho neogótico que os habitantes locais escrutinavam aos bandos, três, quatro, cinco vezes por semana. Rebanhos de locais de Stuttgart se aproximavam da encosta norte, espreitando os arcos e as colunas e os vitrais da casa do meu mestre, e depois vieram os turistas de lugares tão distantes como Grécia e África do Norte, adornados com pesados casacos de inverno e verascópios. Viam-se balonistas vagar à deriva na esperança de vislumbrar as atividades lá de dentro. E a paisagem não era diferente: faias eram abatidas, substituídas por outras faias que lembravam as faias originais, mas que eram, proclamou Jacov, diferentes, faias *mais pesarosas*. Jacov queria uma réplica da casa da sua infância ao recriar o regato em que ele e Vita outrora alegremente folgavam; assim, arquitetos paisagísticos foram arregimentados e projetos foram postos em movimento para reproduzir o curso d'água onde os dois haviam partilhado os segredos mais íntimos bem como para criar réplicas das colinas e pradarias onde ele e Vita pela primeira vez reconheceram o seu desolado lugar no mundo e mais tarde se enlaçaram e se beijaram e juraram lealdade eterna. Sempre-verdes e espinheiros e toda espécie de vegetação nativa da Croácia foram trazidos, cultivados e cuidados, réplicas exatas, jurou ele, do amaldiçoado solo de Knin, aquele mesmo solo que assassinara a sua irmã e roubara qualquer chance que ele tivesse de felicidade futura, tanto uma maldição, disse ele, quanto uma dádiva. Tudo aquilo — o segundo castelo, Pierre Cuypers, o paisagismo, os intermináveis pedreiros contratados e demitidos a cada semana, sem mencionar o *torreão da meditação*, uma torre de pedra anexada à biblioteca onde Jacov acreditava que receberia suas visões mais sublimes — foi adquirido com o dinheiro do Tabaco Reinhardt, do qual, asseverou Jacov, não havia fim. Não há fim para o dinheiro do Tabaco Reinhardt, gabou-se ele, que chega incessantemente e em quantias inauditas e infinitas que nem consigo começar a compreender porque são muitas delas, muitas delas para de fato computar, o que, não obstante, é trabalho do banqueiro e não meu, mas lhe garanto que não haverá fim, não haverá fim, repetiu ele, para o dinheiro do Tabaco Reinhardt, porque as pessoas amam os seus cigarros, e contanto que as pessoas continuem a fumar, continuarei a receber dinheiro do Tabaco Reinhardt, e mesmo quando eu estiver morto as pessoas continuarão a fumar, e, portanto, o dinheiro do Tabaco Reinhardt é eterno e infindo. Feito clandestinos, nós três nos aninhamos no castelo original enquanto o castelo de Stuttgart, o segundo castelo, o castelo *verdadeiro*, estava sendo construído, aqueles primeiros anos fervilhando de ideias e sentimentos novos, emoções que eu não conseguia compreender, com as quais luto até o dia de hoje. Observar o meu mestre e a sua rápida produção de trabalho deixava-me sem palavras. Na maioria das manhãs ele palmilhava os tapetes persas do seu gabinete enquanto as elásticas notas de Wagner ronronavam no gramofone, pois Jacov amava Wagner, alegava que Wagner acendera a sua imaginação, asseverava que partilhava a mesma alma que Wagner ou uma alma mútua ou uma alma que imitava a de Wagner, e apenas Maupassant e Kierkegaard e Vita haviam merecido o mesmo e altaneiro tributo, pois suas almas eram almas à vontade com a melancolia, que encontravam refúgio na melancolia, que não estavam em guerra com a melancolia mas, em vez disso, em *completo acordo* com a melancolia. E eu, perguntei certa vez, minha alma se parece com a sua? Você é um pulha, respondeu Jacov, arreganhando um sorriso malicioso e benevolente, mas um pulha amável e leal e um pulha de promessa e um pulha de gosto ímpar, e eu te amo, e eu sabia que o amor dele por mim era verdadeiro, pois a sua atenção para comigo, a sua dedicação ao ensino e elucidação dos pontos mais requintados e sutis da melancolia, e da maneira mais terna, nunca havia vacilado. Cada dia era diferente do anterior, e nas raras ocasiões em que a inspiração demorava a chegar, ele se debruçava na janela e observava os pedreiros trabalhando ou espiava os anciões Möllers com o binóculo, pois isso era nos tempos idos antes da morte dos Möllers e de Jacov lhes comprar a terra. Os Möllers eram tão ruins quanto um *kleiniano* bêbado, dizia ele, ou piores do que um *kleiniano* bêbado, porque eram não só medíocres e insignificantes, mas se reconfortavam na sua mediocridade e insignificância, e sinto ganas de cuspir toda vez que vejo o senhor Möller e aquele trapo estúpido que tem por esposa bamboleando pelos domínios daquela terra, aquele pomar que devia ser meu e não é, embora, é claro, por fim viesse a sê-lo. Depois de uma hora ralhando contra Klein ou amaldiçoando os Möllers, Jacov deslizava para seu canapé e começava a murmurar os seus pensamentos sobre a melancolia, pensamentos que em um primeiro momento eram desconjuntados ou confusos, mas lentamente se tornavam elegantes e iluminadores, e a essa altura, na junção entre irrelevante e relevante, Jacov batia de leve no meu ombro com o dedão do pé, instruindo-me a tomar notas, e, sentando-me aos seus pés, eu apanhava o diário e começava a tomar ditados. Quando Jacov falava, um aro de luz baixava sobre a sua cabeça, e embora eu nunca tenha mencionado isso, vi-o incontáveis vezes, não importava se o dia estava soturno e anuviado, aqueles obstinados dias de um cinza tão copioso quanto os de Stuttgart, e embora não parecesse haver nenhuma razão científica para que aquela auréola existisse, pulsante e fremente como uma estrela, era talvez um lembrete do motivo pelo qual eu me apaixonara pela imensidão daquele grande homem, sentando-me aos seus pés, mudo e aturdido, enquanto seus pensamentos ascendiam e se enovelavam feito anéis de fumaça, enquanto ele delirava sobre uma nova melancolia que um dia se difundiria pelo globo, uma melancolia nova que substituiria a velha melancolia e todas as suas soturnas associações. Essa nova melancolia, ele disse e eu escrevi, transformaria a vida de todo ser humano, e, lentamente, conforme o reconhecimento dessa melancolia aumentasse, ele disse e eu escrevi, acabaria por esmagar os baluartes que refreiam nossos pensamentos superiores, a melancolia que devia ser a nossa, ele disse e eu escrevi, mas que ainda não merecemos, e Jacov coçava a cabeça calva, e o jogo da luz, o aroma do café amargo, o ambiente na sua totalidade era tão cativante, pois eu iniciara a maturidade havia poucos anos, mais jovem do que a minha idade sugeria, e observar Jacov, o belo Jacov, ditando ou fazendo meditações budistas ou compondo projetos e notas e artigos, era sumamente tocante, e era impossível não reverenciar Jacov e adorar Jacov e esperar com a respiração suspensa em deferência a Jacov quando eu adentrava o seu gabinete, pois Jacov era sempre arrebatador e metódico, sempre extasiante sobre a sua obra-prima porque, em certo sentido, pensar sobre a melancolia, estudar a melancolia, *escrever* sobre a melancolia fazia Jacov delirar de alegria. Toda existência é sofrimento, dizia ele ao recitar a primeira das Quatro Nobres Verdades, alegando que aquela era a sua frase favorita em todo o mundo, a frase mais verdadeira em todo o mundo, a frase mais luminosa em todo o mundo. Existir é sofrer, dizia ele, haver meramente nascido é convidar o sofrimento, estar aberto e exposto e descaradamente condenado a sofrer; esse e incontáveis outros preceitos do budismo, sustentava ele, eram as filosofias mais verdadeiras que a mente humana já havia proferido, compondo uma religião que Jacov estimava pela simples sabedoria tanto quanto pela total complexidade. Sim, repetia ele, toda existência é sofrimento, e é isso que a torna magnífica. Lá onde as outras religiões são incoerência, dizia ele, o budismo é coerência; lá onde as outras religiões são investidas do erro humano, o budismo é desprovido do erro humano; lá onde as outras religiões são saturadas de promessas, o budismo é negação. Sou budista de coração, declarou ele certa vez, espreitando o pomar dos Möllers com seu binóculo, pois Mahayana, o Grande

Veículo, ensinou-me mais do que Voltaire ou Klein ou qualquer um dos filósofos modernos, e ainda que eu tenha sido criado na Igreja Católica Romana, sempre me senti um forasteiro, pois eram elas as almas mais pesadas a caminhar sobre a terra e o seu sofrimento carecia de imaginação; carecia de classe e estilo. O sofrimento deles era ridículo, e em vez de torná-los mais empáticos ou mais humanos, fazia-os parecer bufões, e mesmo quando criança, Vita e eu desprezávamos os carolas com seu mau gosto para teatro, e nos feriados, que temíamos assim como se teme a própria extinção, nos crispávamos ante as cerimônias, os sombrios rituais que não eram realmente sombrios e o repugnante salmodiar que não era realmente um salmodiar, mas antes uma espécie de soluçar desgostoso projetado na direção de um Deus indiferente; aquelas canções nada logravam senão fazer minha pele se encher de petéquias. As únicas linhas mais verdadeiras, mais ímpares que as escrituras budistas, sustentava ele, eram aquelas redigidas pelo insondável Emiliano Gomez Carrasquilla, o inescrutável profeta da melancolia, o qual desaparecera, alegava Jacov, no interior das florestas da América do Sul, supostamente em uma aldeia chamada San Rafael, não perdido, veja bem, mas isolado, disse Jacov, recorrendo ao esquecimento por escolha; San Rafael, uma aldeia enfiada no meio da floresta Gualeguaychú ou, mais precisamente, no confim da floresta Gualeguaychú ou, se quisermos ser verdadeiramente técnicos, *adjacente* à floresta Gualeguaychú. As obras de Carrasquilla acerca da psiquê humana são impecáveis, disse Jacov, obras que assomam sobre as reles conquistas de homens triviais. Carrasquilla é muito provavelmente um budista, alegou Jacov, o qual com frequência fitava o retrato de Carrasquilla que mandara fazer, um retrato do que ele acreditava ser a aparência de Emiliano Gomez Carrasquilla, já que apenas uma fotografia dele existia, embora a essa altura ele fosse décadas mais velho, de modo que qualquer semelhança já teria se perdido, tendo somente o tempo em si por única testemunha. O retrato mostrava um homem careca e meditativo com traços rudes, uma barba comprida e uma expressão desolada nos olhos castanho-escuros. Se não eram Carrasquilla ou Aristóteles ou Voltaire ou, da mesma forma, o tropel pulsante de Wagner no gramofone, eram as escrituras budistas o que mais inspiravam Jacov, que elucidava uma determinada passagem, com frequência agonizando por causa da tradução, pois as traduções ruins, asseverava ele, eram os piores crimes que um acadêmico ou escritor podiam cometer, e um tradutor não podia ser autorizado a se dizer tradutor até que a sua tradução fosse lida por centenas de estudiosos e por centenas de anos, de modo que, em suma, um tradutor jamais saberia se foi um tradutor de sucesso em vida, o que, para Jacov, fazia todo o sentido, e, seguindo essa linha de raciocínio, um tradutor não era um tradutor de verdade até que morresse, isto é, o seu trabalho só poderia ser reconhecido postumamente. Um tradutor vivo é uma contradição, disse ele, e um tradutor, como qualquer artista, não deveria ser celebrado em vida, já que a sua obra, a sua arte, a sua tradução está apenas sendo testada e, ostensivamente, o teste leva décadas para ser concluído, talvez séculos, antes que a humanidade saiba se ela, ou seja, a obra, tem os ingredientes, os minerais, o estofo para ser chamada daquilo a que aspira ser chamada. Gozar de sucesso e aplauso ainda em vida, disse Jacov, é algo repulsivo; é meramente se pavonear em frente ao espelho, feito um galo — divertido, talvez, mas uma completa perda de tempo, e qualquer coisa rotulada de obra-prima durante a vida do criador deve ser desconsiderada, assim como a *tradução* dessa tal chamada obra-prima deve ser considerada um fracasso se não tiver o tempo exigido para ser gestada, para ser vista e dissecada e, certamente, não rotulada como uma obra-prima, porque os especialistas, e nesse ponto ele enfatizou seu desgosto pelos especialistas martelando a letra *P* na palavra *especialistas*, os es*p*ecialistas não são absolutamente es*p*ecialistas, disse ele, porque para ser um es*p*ecialista, como um artista ou um escritor ou um tradutor, é preciso ter sido lido e estar morto por pelo menos um século, e isso significava, pensava eu enquanto ele falava, que todos os especialistas e os tradutores e os artistas não eram especialistas ou tradutores ou artistas *durante* as suas vidas, mas só depois que morriam, e subitamente eu entendi que ele estava falando sobre Otto Klein, mesmo que ele não tivesse dito o nome de Otto Klein, pois Otto Klein não era apenas celebrado em toda a Europa pelo seu pioneirismo na consciência humana, mas o seu nome, no breve período desde que Jacov deixara de ser seu aprendiz, tornara-se ubíquo na psiquiatria, e Jacov, ao *negar-se* a dizer o nome de Klein, *destacava* o nome de Klein e tentava difamar o nome de Klein pela sua enorme popularidade, porque para Jacov a popularidade era parente do suicídio profissional e uma desqualificação imediata do trabalho sério. Travavam-se batalhas no mundo acadêmico todos os dias, Jacov disse e eu escrevi; os simbolistas e os modernistas, assim como eu, acham os *kleinianos* ridículos e risíveis e a *teoria kleiniana* desgraçada e sofrível, sendo o próprio Otto Klein um homem absurdo com conceitos asininos, e os únicos apoiadores de Klein, insistiu Jacov, eram os realistas e os estoicos, que haviam tido um notório arranca-rabo com os simbolistas (que preferiam ser chamados de eurofuturistas), um arranca-rabo sobre a interpretação de certa aula que Klein ministrara discutindo o valor da serenidade tanto na psicologia pessoal quanto na sociedade em geral, todos esses argumentos além do escopo de minha própria capacidade, todas essas *tribos acadêmicas* completamente estranhas a mim, um fato que guardei para mim mas que dificilmente importava já que eu estava meramente transcrevendo as palavras do meu mestre e sempre podia recuperar as anotações do dia, o que com frequência fazia, analisando e escrutinando até os olhos doerem e a cabeça latejar. Essas tribos, ele disse e eu escrevi, são todas repugnantes para mim, e um trabalho bom, um trabalho autêntico, um trabalho significativo só pode ser feito na solidão dos próprios pensamentos. Entre essas *tribos acadêmicas*, Jacov detestava Klein especialmente, desde que ele próprio fora seu estudante e protegido. E sempre que o nome de Klein surgia, os olhos de Jacov se reviravam e ele pedia que o deixassem a sós, e aconteceu que, pouco depois de se estabelecer no primeiro castelo de Stuttgart, Jacov teve a oportunidade de espionar o seu velho mentor e novo nêmesis, pois Sonja planejava visitar Praga, onde a irmã dela recentemente dera à luz, e Jacov, agastado pelo lento progresso no segundo castelo, decidiu ir junto, insistindo que aquilo nada tinha a ver com Klein, o qual calhava de estar na Academia de Belas-Artes de Praga naquele inverno, onde sua aula "A inexplicável tristeza de Søren", uma meditação acerca do temperamento de Kierkegaard, atraíra toda sorte de puxa-sacos, explicou Jacov, todo tipo de tietes e sicofantas que para lá convergiram a fim de ouvir o grande impostor arengar sobre as suas teorias estúpidas, e Jesus Cristo, acrescentou ele, agora o homem meteu o pobre Kierkegaard nessa bagunça, o pobre e falecido Kierkegaard, que nem mesmo pode se defender, mas não vou a Praga por causa de Klein, repetiu ele, não tem nada a ver com aquele falsário, aquele falso, aquela fraude. Amo Praga, disse ele, uma cidade deliciosamente desanimadora, uma cidade bem-versada na melancolia, as pesarosas pontes e os trágicos cemitérios e a assombrosa arquitetura, a pura plenitude da melancolia e as suas verossimilhanças são impossíveis de superar; são nada menos que sublimes. Sim, continuou, amo Praga, bem como a irmã de Sonja, a quem tenho ainda de conhecer, mas estou certo de que vou adorar, e recém-nascidos e viagens também, amo-os todos, e Sonja, pálida, estoica, tão formosa quanto silenciosa, parecia ambivalente, até que Jacov mostrou o dinheiro do Tabaco Reinhardt, que segundo ele pagaria pela viagem, e Sonja não só era alta e requintada, com pele de porcelana e cabeça de cabelo acastanhado que destruiria o coração dos homens se fosse esse o tipo deles, como também era pragmática, e ao ouvir a oferta de Jacov sorriu levíssimamente, a luz embaciada cor de ameixa dançando sobre a sua fronte e que, projetada da vidraça, dava ao salão um ar de austeridade sem limites, e os dois se escusaram para ir fazer amor, o que ficara óbvio pela maneira como os olhos dos dois se cruzaram e minutos depois pelo tremor das paredes, pois o amor que faziam não só era errático e não convencional como também violento, uma paixão que aquecia tão rápido quanto esfriava; de modo que Jacov podia ditar notas, esposando, por exemplo, os seus conceitos sobre a bruma ao longo da costa dálmata, sobre como aquela bruma, quando aparentemente evapora, na verdade ascende, assume uma forma quase corpórea, próxima do tangível, e vaga através do continente por toda a Croácia, com frequência se assentando em aldeotas, Knin, por exemplo, onde ela reaparece, com frequência mais pesada e mais robusta, e muda a natureza mesma do povo da aldeia; sim, a bruma, um tema que arrebatava Jacov muito antes do seu caso de amor com o pó, e do qual ele era capaz de falar com ferocidade e fervor, e eu, aos pés dele, tomando ditados, quando subitamente Jacov torcia o nariz e se escusava, não para usar o banheiro ou para estorvar um arquiteto ou até mesmo para espionar os Möllers, mas para bambolear por todo o imóvel de Stuttgart em busca de Sonja, para fazer amor com Sonja, e com sorte Sonja estava igualmente desejosa, pois ela não tinha pejo de mandar Jacov procurar o seu rumo, muitas vezes com luva de pelica se ele estivesse especialmente implacável, porque Sonja era capaz de enlear, uma habilidade obtida na meia dúzia de bordéis boêmios em que trabalhara desde que vivera nas ruas quando criança, uma moleca vulnerável, uma vadia pálida, como certa vez ela me confessara no seu sotaque alemão com um quê de tcheco que era de todo comovente se você se sentisse atraído por esse tipo de coisa, e, da mesma forma, tampouco a Sonja faltava apetite sexual, pois, mais uma vez, eu podia estar tomando ditado, talvez contando os cabelos ruivos nas angélicas pernas de Jacov enquanto ele falava sobre a transmigração das almas no hinduísmo, por exemplo, ou sobre a melancolia de Belerofonte ou a peculiar tristeza dos deuses mesopotâmicos, quando, de repente, Sonja aparecia no gabinete, estalava a língua, e eu aproveitava a deixa, pois sabia que ela queria, talvez precisasse, fazer amor, e aquela compulsão muda tinha começado para eles no Holstooraf; Sonja empurrando o carrinho de pães até a mesa de Jacov no refeitório do sanatório, indagando se ele por acaso gostaria de mais um pão, e os seus olhos se cruzavam e minutos depois ambos estavam devorando um ao outro no quarto dele ou talvez no armarinho das vassouras ou, segundo relato de Jacov, em ambos os lugares, bem como no sótão da ala dos tuberculosos, atrás das topiarias, amortalhados pelo labirinto de sebes do Holstooraf, e vários outros lugares privados e expostos, já que a paixão dos dois, quando acesa, era incansável e com frequência eclipsava a necessidade ou a preocupação com a privacidade. Sim, explicou Sonja certa noite, uma em que nos encontrou a ambos na cozinha do primeiro castelo assolados pela insônia, eu me tornei íntima das necessidades e dos desejos dos homens quando ainda era jovem, disse ela, jovem até demais, mas os meus pais eram beberrões e viviam perdendo empregos, e logo estávamos nas ruas de Písek, uma vila imunda apinhada de celerados e iletrados, e logo depois disso a minha irmã e eu fomos abandonadas. Em dado sabá, os nossos pais saíram para arranjar algo para comer e jamais voltaram; precisamos nos arranjar por conta própria, portanto nos dirigimos para Praga, que não era melhor, mas maior e diferente, e tinha lá as suas abundâncias, o que para a minha irmã significava um emprego como costureira e para mim, oferecer a minha carne aos homens. O que a atraía em Jacov, observou, era a sua mania, o seu ímpeto, o seu foco meticuloso em determinado objetivo, embora, admitidamente, ela não conseguisse entender o seu fetiche, a sua fixação com a melancolia, já que a via como nada além de um mau humor, uma tristeza passageira, os maus ventos de um temperamento soturno, semelhante aos bestiais matizes do interior de uma taverna tcheca, tão poluída e grosseira e manchada de merda, e eu, é claro, fiquei horrorizado, pois aquelas palavras eram um sacrilégio; eu venerava no altar de Jacov, que por sua vez venerava no altar da melancolia, mais próximo a um santo ou mártir da melancolia do que a um humano de carne e osso, e parecia ridículo, até demente, que ela arremetesse as virilhas contra esse mesmíssimo serafim, esse ser mítico, esse oráculo de conhecimento puro, mas não partilhasse da mesma avidez pelo paraíso; no entanto, inerentemente eu gostava de Sonja, e a perdoei por isso, guardando para mim a sua atitude ante a melancolia para todo o sempre, pois parte de mim sentia que a sua tentativa de esquivar-se da melancolia não passava de uma fuga da disposição sisuda da sua alma judaica. Tradicionalmente, homens atraentes me deixam frígida, continuou ela, acendendo um dos seus cigarros holandeses; coletivamente, gastei semanas, talvez meses na cama com os pelotões de remo de Praga, homens graciosos conhecidos pela sua afeição pelos bordéis, homens bonitos e esguios, de movimentos tão ágeis e musculatura afinada, homens à vontade no seu lugar no mundo e, portanto, sem nada a provar, homens cujo princípio norteador na vida é o próprio prazer e que nem por um segundo percebem as necessidades de uma mulher, as *minhas* necessidades, mesmo que sejam eles o freguês e eu o produto. Reciprocamente, acrescentou ela, homens como Jacov têm algo a provar, com aquele seu cabelo ruivo e corpo disforme como o de uma pera passada, e o meu corpo, para ele, é um campo de batalha, uma montanha ainda por escalar, uma nação inimiga na qual hastear a sua bandeira, e, conforme Sonja continuava, sua voz fanou e, sem empregar muita força, imaginei os pelotões de remo de Praga com o seu tronco arfante e a sua cintura minúscula, talvez tão ou mais bonitos que os pelotões de remo da Dalmácia, cujos catálogos eu encomendava toda primavera quando criança, mais para apoiar a organização do que para ver as fotografias lá dentro, que mostravam a altura, o peso e a aldeia de origem de cada remador, o cabelo raspado e as faces penugentas daqueles viris atletas, perpetuamente atentos e relutantes em sorrir, homens cujas virilhas bem definidas eram amoldadas pela repetição e pela sede de vitória. Os homens sempre foram atraídos por mim, disse Sonja, mas eles são criaturas simples; de barriga cheia e com um orgasmo, eles já se contentam, embora, acrescentou ela, sempre haja exceções, e Sonja olhou por cima de nossas cabeças até o segundo andar, onde o caro Jacov dormia e sonhava com a sua obra-prima que dentro de um ano encheria uma prateleira inteira, uma prateleira inteira recheada com os pensamentos radicais do meu mestre, ideias transcendentais sobre as origens e os benefícios da melancolia autêntica, livros que um dia se transformariam, no seu aspecto mais concentrado e rudimentar, nos *Livros de origem*. Mas, naquela noite, na cozinha, eu reconheci a inteligência e a bondade nos olhos de Sonja, a boa vontade que ela exsudava no silêncio dos seus pensamentos, bem como a sua inteligência penetrante, destramente demonstrada por seu amor pela poesia inglesa, Wordsworth em especial, e logo viemos a estimar profundamente um ao outro, porque a minha fidelidade a Jacov era algo que ela nunca questionava, sendo Sonja de um tipo que não duvidava da natureza de uma pessoa contanto que não se incrustasse na dela, e naquela noite chegamos ao entendimento de que nenhum dos dois queria magoar o outro; na verdade, queríamos ajudar um ao outro, e quando Sonja perdeu a perna esquerda, aquela torneada perna esquerda que casava perfeitamente com a direita, uma perna luxuosa, uma perna arrebatadora, fascinante, se aquele era o tipo de coisa que o atraía, foi como se eu próprio tivesse perdido uma perna, embora aquele acontecimento pavoroso estivesse ainda a anos de distância, obscurecido pela enevoada gaze do futuro mal definido; assim, ambas as pernas dela estavam ainda no lugar, com sangue correndo nas veias e pelos que precisavam ser raspados, pernas que naquela noite se achavam cruzadas em cima do chão da cozinha do primeiro castelo de Stuttgart já que Jacov não adquirira nenhuma cadeira ou mesa sequer, mais um mausoléu do que uma casa, uma casa que ele prometeu mobiliar tão logo ele e Sonja voltassem de Praga, uma viagem na qual fui incentivado a escoltar meu mestre porque oficialmente eu era seu pupilo e assistente, responsável por organizar as suas ideias em cadernos, e quem sabe que teorias poderiam se materializar na jornada? Contudo, meu corpo era um corpo sem enfermidade não fazia muito tempo, e as *cefaleias-fantasmas* que sofrera recentemente tinham voltado, bem como a cãibra no pé esquerdo que cheirava a um começo de peste ou consunção ou até mesmo a ciática que havia muito eu temia, e embora eu fosse culpado de episódios de desmaio e falsas convulsões e adormecimento das coxas quando o vento soprava gelado, da mesma forma no calor severo, e embora tivesse sido alertado antes sobre o autodiagnóstico, o homem era apenas um médico de aldeia, semianalfabeto, um amigo do meu padrasto para ser completamente sincero, e assim julguei prudente ficar para trás e convalescer, a fim de fortificar-me para o trabalho por vir, o qual, quando Jacov voltasse, tal como prometeu, começaria a sério, e quando eles partiram eu fiquei sozinho, exceto pelo desalegre soar dos martelos que ocupavam o segundo castelo de Stuttgart, um edifício que crescia dia após dia, devorando a terra sobre a qual se erguia, sitiada de homens esguios e sólidos, nus da cintura para cima, ocupados com a sua faina, e eu chafurdava na minha debilidade, assim como alguém chafurdaria na boa saúde já que a doença é onde sempre me senti mais em casa, e diferentemente da maneira como a maioria vê a debilidade como uma invasão, um primo próximo da histeria, ela me parecia sustância e certamente o socorro de que eu precisava, e mais uma vez me vi nas florestas, Ulrich espreitando dentro dos meus olhos para indagar sobre a minha saúde, dado que a minha respiração, observou ele, tinha desacelerado, e de fato eu estava me sentindo melhor, tendo mais uma vez regressado à selva, mais uma vez maravilhado com a copa das árvores, de novo ouvia as canções dos tucanos ou araras ou sabe-se lá que aves execráveis floresciam nestas partes. Quando foi que você voltou?, perguntei, pois a noite havia chegado, e contemplei o nosso campo, onde uma fogueirinha fulgurava e o meu corpo jazia no tapete de terra, retirado da maca em algum momento. Diante de mim dançavam as silhuetas escuras dos nossos guias, parecendo diabinhos semi-humanos ou talvez fantasmas, e indaguei sobre o paradeiro de Jacov bem como sobre o fato de estarmos perdidos. Diga-me que não estamos andando em círculos, implorei-lhe, e Ulrich confirmou que estávamos, de fato, andando em círculos, estivéramos andando em círculos, suspeitava ele, por algo como uma semana, e quanto mais ficávamos em um lugar, explicou ele, maior seria a probabilidade de sermos assassinados, furados por lanças envenenadas ou armas que os caçadores locais usavam sem hesitar, e Ulrich disse que de noite bastava passar de relance pela clareira a menos de meia légua de distância para observar os campos dos yaros, as fogueiras ardendo, o que servia para lembrá-lo de como estávamos longe de casa e de como roçávamos a morte, as fogueiras rodeadas de aldeias depravadas, disse ele, mudas e insensatas, indignadas desde aquela troca amaldiçoada, e pela primeira vez eu ansiei pelo lamaceiro provinciano que era Montevidéu e pelas rinhas de galo vespertinas e pelos bares miseráveis, e, então, Ulrich fez algo que nunca tinha feito, amaldiçoou Jacov, explicando que Jacov estava mais intratável, mais inflexível, mais inexpugnável do que jamais fora, que quanto mais perto Jacov acreditava estar de encontrar Emiliano Gomez Carrasquilla e, por conseguinte, a melancolia, mais fundo ele se embrenhava, mais decidido ficava a seguir em frente, o que, neste caso, significava meramente um círculo, e cada vez que Jacov dizia que não estávamos batendo em retirada, que estávamos voltando para buscar provisões, ele mentia, e chegará talvez um momento, disse Ulrich com gravidade, agora num sussurro, um momento à nossa espreita assim como as próprias árvores, em que teremos de ir contra os desejos do nosso mestre, e precisarei da sua ajuda, e, sussurrando ainda mais baixo agora, não diga uma palavra, pois Jacov está no arbusto esvaziando as tripas, e você, está do meu lado?, perguntou, e eu assenti, mesmo embora parecesse uma sabotagem ou traição, ainda mais vindo de Ulrich, que era a alma mais possuída e pragmática e mente limpa que eu já conhecera, ainda mais oneroso vindo dele, já que a noção de ir contra Jacov era mais perversa do que minha alma doente podia aguentar, e conforme Ulrich explicava os meios de se fazer aquilo, usando cordas de cânhamo para subjugar o nosso mestre, como último recurso, apenas como último recurso, somente se todo argumento de senso comum caísse diante da obstinação dele, senti-me ainda pior, porque essas palavras foram ditas com a cadência calma, otimista, que Ulrich havia aperfeiçoado, a sua voz firme com sotaque não identificável que ora soava alemão ora húngaro, um sotaque que reclamava três terras de origem diferentes em uma única frase e que ouvi pela primeira vez na plataforma da estação de Tula, na Rússia, não muito longe da propriedade do conde Tolstói, Iásnaia Poliana, Jacov e eu batendo em retirada de Iásnaia Poliana e daqueles malditos tolstoianos, aqueles desgraçados tolstoianos que estavam atrás de nós, alegou Jacov, e que nos queriam ver enterrados. Ulrich permanecera na propriedade por meses, contou-nos com aquele sotaque não identificável, contratado pela esposa de Tolstói, a condessa Sofia, como o mais talentoso e admirado caçador de cães em toda a Europa, o mais imponente e formidável caçador de cães em toda a Europa, detentor dos meios de rastrear e capturar cães selvagens com cercas ou arapucas ou veneno e soltar ou descartar os cães, dependendo dos desejos do cliente. A propriedade de Tolstói virara do avesso com bandos de cães selvagens, explicou Ulrich na plataforma da estação em Tula, mestiços nascidos dos vira-latas dos servos e dos vira-latas da sua prole e dos vira-latas desta prole, que, naquela época, existiam já há cinco ou seis gerações, e essas feras atacavam igualmente camponeses e donos de terras em turbas sem ter sido provocadas, estavam ali já havia décadas quando de súbito se deu um estalo, como se os cães tivessem decidido se sublevar coletivamente contra a hierarquia da natureza. Ulrich recebera um telegrama em sua herdade no sopé do Jungfrau, e ao ver escrito o nome Tolstói imediatamente partiu para a Rússia. Ulrich ficou encarregado de recolher as cadelas dos servos, conforme a condessa Sofia as chamava. A raiz do problema, em suma, eram as almas de Tolstói, seus mais de trezentos servos, que eram extraordinariamente afeiçoados aos cães e os permitiam procriar sem restrição e com pouca ou nenhuma estrutura ou disciplina; assim, gerações de cães dos servos, aparentemente ferozes, corriam pelo interior aos bandos, provocando estragos, predando a colheita, atacando crianças e trepando uns com os outros da maneira mais descarada. Podia-se aprender uma lição ao observar aquelas feras, disse Ulrich num tom de grande contrição, que era o único tom que Ulrich tinha. Cães sem senso de ordem, aniquilando as colheitas e malhando as crianças, zombando da beleza natural de Iásnaia Poliana de modo que o conde Tolstói podia estar prestes a deitar a pena no papel quando uma turba daqueles cães do inferno dobravam a esquina logo abaixo da sua janela, rosnando, uivando, latindo e cagando, talvez trepando uns com os outros ou perseguindo uma dona de casa ou mordendo o calcanhar de um dos seus filhos, o que é inimaginável mas tente, instou ele, apenas tente imaginar aquelas bestas-feras fazendo sexo logo abaixo do gabinete de Liev Tolstói enquanto ele trabalha em um dos seus romances ou suas obras religiosas ou talvez em *Ivan Ilitch*, que era memorável, pois aquele livro foi a razão de Jacov ter ido a Iásnaia Poliana para começo de conversa, o catalisador que desenraizara Jacov da sua crise de meia-idade, que chamava de *período cinza*, a mais longa e mais cruel interrupção que a sua obra sobre a melancolia já experimentara, semanas a sós no seu *torreão de meditação*, encarando, atestou ele, diretamente nos olhos da depressão, e apenas Tolstói e *A morte de Ivan Ilitch* o haviam resgatado daquilo que chamou de estado suicida, apenas Tolstói e *A morte de Ivan Ilitch* haviam reavivado a sua alma, apenas Tolstói e *A morte de Ivan Ilitch* haviam convencido Jacov de que não estava sozinho no mundo, de que outro homem além dele mesmo havia roçado e afagado e talvez acarinhado a radiante luz da melancolia e vivera para escrever sobre ela, não obstante pelo artifício da ficção, que, como Jacov sustentava repetidamente, era a mais inferior e impura das artes, seguida de perto pela poesia, algo que lhe agradava denunciar, sabendo o quanto Sonja e eu estimávamos o verso, e com frequência eu deitava na cama tanto no primeiro quanto no segundo castelo de Stuttgart relendo a poesia de Goethe ou os sonetos de amor de Karl Metzler, membro fundador dos Três de Dresden, quando subitamente Jacov se materializava, insistindo que eu lia demais. Você lê demais, dizia ele, especialmente poesia, esses versos vápidos e voltados ao próprio umbigo escritos por nulidades, mas Jacov verdadeiramente desprezava a literatura, mantinha um ultrajante e vitalício ressentimento da literatura, mais notavelmente de *Os sofrimentos do jovem Werther*, que parecia ímpio e depravado e inexplicável já que toda a Europa ficara enfeitiçada pelo jovem Werther, mas Jacov acreditava que a mais cândida e pura poesia da humanidade era a da psicologia e da ciência e, é claro, das Quatro Nobres Verdades do budismo, das quais a primeira era o maior, o mais cristalino enunciado da mente humana, e em qualquer passeio arbitrário pelo primeiro e depois pelo segundo castelo de Stuttgart uma pessoa podia ouvir os cantos tibetanos de Jacov ou as gravações rústicas de canto gutural mongol que Jacov acumulava nas suas miríades de excursões. O rancor de Jacov tinha lá as suas exceções, e na literatura era representada por *A morte de Ivan Ilitch*, e assim nos vimos em Iásnaia Poliana por um período, antes que as coisas azedassem e fugíssemos de Iásnaia Poliana, literalmente escapamos de Iásnaia Poliana para a estação de Tula onde Ulrich nos rastreou, assim como rastreava as cadelas dos servos. Levei três meses, explicou Ulrich, mas recolhi a maioria das cadelas dos servos e os filhotes das cadelas e até as vira-latas prenhes e sem dúvida os donos de todos esses cães desgraçados, isso pronunciado na plataforma da estação de Tula onde Jacov e eu fugíamos não só de Tolstói, mas de seus discípulos velhacos, um bando de zelotas sem noção de decência ou pensamento independente, fugindo dos tolstoianos em nome da nossa vida, e foi como se Jacov e eu esperássemos interminavelmente pela chegada do trem que nos tiraria de Tula e de Iásnaia Poliana e, por fim, da Rússia, porque ficamos esperando por horas quando Ulrich apareceu e, ainda assim, nenhum trem, nenhuma pessoa, um deserto, havia simplesmente um chefe de estação com suíças e fraque, e não só os trens não eram pontuais, como também não pareciam existir em absoluto, como se a estação de trem de Tula houvesse sido construída num lugar onde nenhum trem chegava ou partia, num tempo talvez anterior à invenção do trem, uma ideia abandonada, um falso começo, embora soubéssemos que não era esse o caso, pois Jacov e eu havíamos *chegado* à estação de trem de Tula semanas antes a fim de Jacov ir ter com Tolstói em pessoa, a fim de ele olhar nos olhos do profeta e ver por si mesmo o páthos da melancolia autêntica. Então, eu recolhi os mestiços dos servos, explicou Ulrich com um sotaque que podia ser tanto belga como austríaco ou búlgaro, porque a condessa, disse ele, estava, para todos os fins, comandando o espetáculo, querendo dizer, o lar, que, de fato, *era* um espetáculo com um elenco de peregrinos religiosos e puxa-sacos e aspirantes a escritores e a sua meia dúzia de filhos, para não esquecer os donos de casa e os servos e os seus infinitos bandos de vira--latas ferozes, os quais, quando calhavam de dar as caras, faziam os visitantes e os Tolstói saírem corricando, realmente um espetáculo embasbacante, e eu circundando o imóvel, matando cães mestiços, enterrando cães mestiços, rastejando pela floresta à noite e verificando as arapucas porque a condessa insistira que eu não deixasse um só cão vivo, eu não quero nenhum cão vivo, sentenciou ela, nem um maldito cão sequer, e ela foi enfática, sem desperdiçar palavras, ao me contar que não queria encontrar outro mestiço ou cadela vagando por Iásnaia Poliana feito uma prostituta raivosa, perdoe o meu francês, disse ela, sendo o francês a língua que falávamos um com o outro e pelo qual, é *claro*, eu lhe perdoava, já que ela não era apenas uma condessa, mas a própria condessa Tolstói, e além disso ela era que me pagaria pelo trabalho, assinando o cheque, por assim dizer, ainda que os cães enfureçam meu marido, a condessa contou a Ulrich, ainda que ele ouça os bandos à noite se aglomerarem em pequenas gangues, pisoteando a terra preta, atacando uns aos outros, a religião dele proíbe matar esses cães, e eu disse a ela que eu tinha os meios de reunir os vira-latas e levá-los embora, já que eu estava a par dos mais modernos e científicos métodos de atração e captura daquelas feras, mas ela meramente sorriu, um sorriso estoico que expressava uma vida inteira de diligência silenciosa, depois balançou a cabeça e apenas disse não, mate-os todos, insistindo que eu não devia falar uma palavra sobre aquilo a Liev, nem uma palavra sobre a minha razão de estar em Iásnaia Poliana, um lugar de paz e beleza sublimes, com plácidas campinas e colinas serpeantes e verdes pastos e, é claro, magníficas bétulas, um lugar mais pacífico do que a própria paz, a não ser, é claro, se levarmos em conta os cães, porque se os cães estivessem perambulando, tornava-se um lugar de terror desenfreado, pois eu rastreei e capturei os cães raivosos do centro das cidades de Munique e Sarajevo e Paris, disse Ulrich, e incontáveis outras capitais, mas nada me preparou para as cadelas de Iásnaia Poliana, que, alegava Ulrich, eram mais perversas e destemidas do que qualquer uma que já encontrara. Os cães não pertencem mais às almas de Tolstói, pertencem apenas a si mesmos; deixaram isso claro há muito tempo, quando debandaram em massa das choupanas dos servos, onde a vida era lambona, mas boa; em essência, os cães disseram *danem-se, agiremos da nossa maneira*. E agiram. Bandos de raças miscigenadas e mestiças, huskies e pastores e schnauzers agitados, para não mencionar os infernais dobermans, toda sorte de cães antagonizando-se, despertando no outro o que tem de pior, pois faço isso há duas décadas, disse Ulrich na plataforma da estação de Tula, uma estação que era como um sítio de escavação, um sonho cavernoso; segui aqueles mestiços e testemunhei o comportamento mais diabólico, pois eu reabilito e vendo os cães que meus clientes não querem para fins de caça e proteção e um eventual caso de companhia, mas aquelas criaturas não foram feitas para retornar à minha herdade no sopé do Jungfrau, nem aos meus redis de adestramento em Berlim; não, eles se comportam de uma maneira que pede que sejam abatidos, pois olhei nos olhos daquelas feras e vi a escuridão dos pesadelos, uma escuridão sem reflexo; vi o afundamento da Europa nos olhos daqueles cães. Foram, de fato, o *período cinza* de Jacov e *A morte de Ivan Ilitch* que haviam nos levado à Rússia e a Iásnaia Poliana e agora duas vezes à estação de Tula; o *período cinza* de Jacov, na qual eu testemunhara o homem que eu reverenciava cair numa grota desesperadora, um sacrário sem paredes e, portanto, sem saída, e Sonja e eu fizemos o nosso melhor para ninar Jacov durante esse *período cinza*, o preâmbulo prolixo à sua crise de meia-idade em que ele foi implacável, perdido no desespero da própria mente, recusando-se a deixar o imóvel de Stuttgart por seis meses enquanto coleava pelo sinuoso castelo de Stuttgart, um abismo tortuoso, uma voragem de pedra e mármore, para não mencionar as suas paredes inclinadas que não levam a lugar nenhum, repletas de máscaras africanas e estátuas hindus, Vishnu em tamanho real e deidades bem como inestimáveis tapetes persas, todos custeados com dinheiro do Tabaco Reinhardt, que da mesma forma pagava os salários dos artistas cujas pinturas e retratos, pendurados em inclinações que coincidiam diretamente com os gradientes das paredes, vinham crescendo em número dia após dia, e se uma determinada manhã de ditados era perdida, era provável que Jacov modelasse para um falsificador, pois ele encomendara dezenas de retratos dele mesmo que, uma vez terminados, eram pendurados com relaxo em todos os corredores do segundo castelo de Stuttgart, em cada sala de estar e banheiro, retratos em miríades de tamanhos e estilos, alguns clássicos, outros Primeiro ou Alto Renascimento, alguns ofensivos, outros de beleza embasbacante, e outros vários simplesmente desnorteadores com a sua experimentação, retratos em que uma pessoa podia mirar e acreditar estar olhando não o meu amado mestre, mas a explosão de um barco a vapor ou um celeiro vermelho com as portas estraçalhadas, os espessos chiaroscuros parecendo radiar, possuir poderes ultraterrenos, e eu não conseguia imaginar como Jacov arranjava todos aqueles artistas, falsários de renome internacional que emulavam Caravaggio bem como Bernini ou Delacroix com a mesma facilidade, tudo isso antes do *período cinza*, pois uma vez que o *período cinza* surgiu, era hora de dissolução e dor, sendo a descoberta dele de *A morte de Ivan Ilitch* uma verdadeira anomalia já que Jacov se recusava a ler literatura; de alguma forma, contudo, ele adquiriu *Ivan Ilitch*, e ele leu *Ivan Ilitch*, e a casa se transformou da noite para o dia, como se uma corrente elétrica tivesse disparado por todos os cômodos, porque antes de ler *Ivan Ilitch* Jacov estava perdido no matagal da melancolia oculta. De uma geração mais velha que a minha, a meia-idade de Jacov parecia exibir aquilo que eu ansiava por esperar; vi a silenciosa reflexão que chega quando os primeiros capítulos de uma vida já foram escritos, quando o otimismo que comparecia às manhãs mais jovens e brilhantes não passa de vaga recordação, substituído por sofrimento silencioso e pés de galinha, dores nas costas e pernas cansadas; nenhuma posição parece confortável, o corpo se torna mal-ajambrado, e a energia exigida para ostentar bom humor é exaustiva e só vale a pena durante metade do tempo; tudo isso, o simples existir, parecia um enorme acréscimo de trabalho. Eu observava Jacov e via a mim mesmo dali a quinze anos, pois Jacov, no seu *período cinza*, havia rastejado para dentro de si mesmo e fechado as portas; a energia, a magnífica histeria haviam sumido; ele deixou de tocar o *Parsifal* de Wagner, o precursor da minha tomada de ditados, e na maioria das manhãs, depois de eu esperar avidamente no saguão, Jacov simplesmente me mandava embora com um grunhido. De vez em quando, a esmo, ele deblaterava seu ódio à melancolia. Não suporto pensar na melancolia, exclamava ele, é um castigo, um horror. Não suporto o mundo em si. Refuto a melancolia e todos os seus acessórios, pois o florescer na sua alma, confessou ele, tinha desintegrado. O florescer na minha alma desintegrou, disse ele, minhas ideias não brotam mais, não irrompem mais, mas precisam ser arrastadas das suas covas, onde simplesmente desejam deitar e morrer. Ele parou de citar Aristóteles e começou a fazer longas caminhadas para ponderar sobre a natureza da existência, o que, historicamente, significava o início das suas meditações, mas agora fazia lembrar um desesperado arranhar na direção de uma luz distante. A casa parecia pesada por causa da sua depressão morna, a qual, temia ele, era um abandono da pura melancolia, uma melancolia que ele acreditava não ter ainda merecido, e toda a melancolia que ele já sentira não fora senão um exercício dessa melancolia pura que podia ou não algum dia chegar, pois lhe pergunto, perguntou-me ele, e se ela nunca chegar? E se o potencial para a melancolia pura, imaculada e inviolada for muito ansioso, muito enervado para que me permita abraçá-lo, e daí quanto mais eu me concentrar, mais furiosa será minha cruzada, mais assombrada será? Pois assim era como Jacov a chamava, uma *cruzada*, e eu lhe assegurei que ele não fracassaria; era impossível, porque ele fora tocado, um santo vivo, ao menos aos meus olhos, e não haveria nenhum vacilo ou hesitação, mas, em vez disso, um período de intenso labor que culminaria numa inigualável obra de encanto desalentador, que abalaria o mundo na sua fundação e mostraria à humanidade, finalmente, a beleza e a natureza divina da melancolia, e Jacov, agora tremendo, agarrou o meu braço numa súplica. O seu *período cinza* cumprira o prometido; ele parecia fragilizado, diminuído, mirrado por aquele episódio ou crise, sendo o *período cinza* uma úlcera que lhe engolira a alma. Minhas palavras, que intentavam lhe amenizar os medos, pouco adiantaram. Inconsolável, Jacov acreditava que uma espécie de amortecimento ocorrera, algo indizível; ele temia que o abismo ululante, algo permanente, o havia engolido. Eu, é claro, sabia a verdade; vira a alma dele ser despida, e, sem dizê-lo, sabia o que Jacov não sabia: o páthos inato, intrínseco à sua natureza, incorporado mais profundamente do que os próprios ossos, não podia ser intimidado ou sobressaltado, pois era mais firme, mais leal que a sua própria sombra. Contudo, em certas manhãs eu acordava e encontrava Jacov na beira da minha cama, o rosto molhado de choro, e ele parecia um anjo ou um recém-nascido que subitamente envelhecera. Ele parara de perambular pelo castelo procurando fazer amor com Sonja, pois o portal do amor, alegava ele, havia se fechado, e em vez disso ele procurava a solidão e o isolamento, com frequência no seu *torreão de meditação*, onde ele ouvia gravações devocionais hindus ou se perdia em meio às crescentes extensões do segundo castelo de Stuttgart, aqueles inumeráveis corredores conducentes a Deus sabe onde, novas alas construídas a cada ano, mobiliadas e aumentadas e pagas com dinheiro do Tabaco Reinhardt. Jacov ficou sentimental e chorava à menor provocação. Em uma andança específica, passamos pela réplica do regato de sua meninice em Knin, uma imitação tão exata que transbordava com a mesma família de carpas. Notei o seu silêncio, e ao encará-lo vi que chorava. Que foi?, perguntei. São aqueles galhos, murmurou ele. Quais? Ali, disse ele, naquela bétula; não sei por que, mas são a coisa mais triste que já vi, e ele chorava feito um homem fustigado por dentro, hesitando a caminho da redenção, mas entranhado por má-fé, e fitei os galhos trêmulos, que de alguma maneira senti conterem a resposta, ou talvez a pergunta, para o motivo de uma voragem se abrir dentro do meu mestre, pois de fato um buraco se abrira, não muito diferente de um vácuo ou vazio, não muito diverso daquelas recentes descobertas do cosmo, uma massa negra onde antes existira uma estrela e que aparentemente devorava tudo à sua vista, até mesmo, por fim, a si própria, mas antes que devorasse a si mesma engolia pessoas e calçadas e cidades, planetas inteiros, de modo que devorar a alma de Jacov não era nenhum problema, uma coisa extremamente simples, e talvez, crispei-me ante o pensamento, fosse aquilo que tivesse se aberto dentro dele. Jacov fazia incontáveis caminhadas ao redor da propriedade de Stuttgart, entre o primeiro castelo e os andaimes sem fim do segundo castelo de Stuttgart, seis anos ou mais e ainda em construção, e em meio a essas caminhadas Jacov de novo rememorava Vita, e, às vezes, durante o seu *período cinza*, murmurava na língua perdida dos dois, a qual sempre me fazia arrepiar a espinha, um dialeto, ao que parece, concebido pelo diabo, pois quando ele falava naquela língua alienígena seus olhos fitavam uma distância mais além do mundo físico, do outro lado do horizonte do imóvel, perseguindo o domínio onde ela jazia. No seu *período cinza*, Jacov perdeu o fio da vida. Eu perdi o fio da minha vida, confessou ele tomando chá, o Wagner no gramofone reduzido a um cantarolar difícil de discernir. Ofereci-me para lhe esfregar os pés, mas ele me ignorou, aparentemente imune às minhas palavras, e em vez disso ficou de pé. O fio que carreguei comigo desde que fiquei sozinho no mundo, disse ele, desde o momento em que Vita apanhou aquela tosse e foi deitada na cama, aquela tosse que significou o fim da sua vida e o começo do meu sofrimento, o mole e elástico fio da melancolia perdeu-se para mim, pois estou cansado ou anêmico ou indolente demais, talvez as três coisas, para encontrar esse fio e segurar-me a ele. Com frequência Jacov pensava no dia do funeral dela, e recordava o momento em que foi baixada à terra ou talvez o dia anterior, quando ela estava branca e debilitada como um graveto, implorando por ar, o peito trepidando feito uma moeda numa gaiola. Eu queria sussurrar no ouvido de Vita, disse Jacov, contar-lhe na nossa língua (uma linguagem falada apenas por duas pessoas; assim, a morte dela liquidaria metade dos seus falantes) que eu jamais superaria aquilo, que minha lealdade a ela seria vivida em uma existência de sofrimento eterno, e mesmo que isso não tivesse sido formulado no meu cérebro jovem, admitiu Jacov, de alguma forma a minha alma de nove anos entendeu a futilidade da esperança e a recompensa da melancolia. Sonja e eu ficamos paralisados, receando que Jacov não voltaria a seu antigo eu, que o exultante Jacov, o histérico Jacov, o Jacov louco pela melancolia se fora de vez. Ainda não sei como ele adquiriu *A morte de Ivan Ilitch*, já que eu era responsável por comprar livros das listas que ele me entregava, os incontáveis títulos garatujados aos jorros e em tiras e pedaços de papel, símbolos pouco coerentes com os títulos e autores de livros que ele pedia, às vezes duas ou três vezes por dia. Os livreiros da Schlossplatz me conheciam pelo nome, pois a minha chegada a Stuttgart foi rapidamente acompanhada do meu contato com os melhores médicos e especialistas para cuidar das incontáveis preocupações da minha constituição debilitada, os muitos médicos e enfermeiras de Stuttgart que vim a conhecer intimamente por causa de todos os meus vários distúrbios: o dr. Krüger, por exemplo, especialista em pulmão, e toda terça-feira eu tinha uma consulta marcada com o dr. Guesenstach, especialista em sangue, e às sextas-feiras eu insistia em ser sangrado, pois estava especialmente preocupado com o meu sangue, sentindo que estava ou grosso ou fino demais; em todo caso, não parecia bem, nunca parecera bem, e portanto visitei esses médicos e outro punhado deles a cada semana ou sempre que terminava de coletar os livros de Jacov, estava livre de tomar ditados ou observar Jacov dormir, e às vezes passava simplesmente para lhes dar meus cumprimentos, talvez pedir que me medissem o pulso, pois a doença é a condição perpétua do homem, e cada dia de boa saúde exige uma compensação. De qualquer forma, Jacov dispunha de crédito infinito naquelas livrarias, e os livros eram sempre de filosofia e psicologia e ciências, nunca literatura, portanto *A morte de Ivan Ilitch* foi um completo mistério, que apareceu em meio à sua pilha rotineira de livros com um baque surdo, e, embora ele se lembrasse de todos os outros, o que havia dentro deste picou a alma de Jacov, pois de fato, uma vez descoberto o livro, a mudança foi imediata. Certa manhã ouvi o *Parsifal* de Wagner tremer debaixo da sua porta, e com grande alívio saltei da cama e me vesti, pois sempre dormia despido com exceção das meias porque durante o sono a pele nua se recupera dos esforços do dia, e as roupas não só postergam e desaceleram a renovação do corpo como em alguns casos causam efeitos colaterais, algo sobre que discuti infinitamente com o meu padrasto e mesmo com Jacov, que parecia em dúvida sempre que eu o encorajava a atirar o camisolão de dormir no fogo, mas naquela manhã discerni Wagner e, mais especificamente, *Parsifal*, e soube que uma fresta se escancarara, uma comporta se abrira. Jacov leu *A morte de Ivan Ilitch* incontáveis vezes, no seu gabinete, ao circular pela cozinha, em volta da estufa do segundo castelo de Stuttgart e no seu *torreão de meditação*, recitando linhas e trechos, e, numa sanha incomum e forte de releituras, começou a copiar *A morte de Ivan Ilitch* à mão na esperança, disse ele, de que a sabedoria que continha fosse transmutada a ele mediante o personagem de Ivan Ilitch ou o próprio Tolstói, o que, em certo sentido, era a mesma coisa. *Ivan Ilitch* é o mais perfeito exemplo de melancolia que já vi, contou-me. *Ivan Ilitch é* a melancolia, bravateava ele, a menos diluída, a mais melódica, a mais melíflua melancolia posta em palavras, perto, é claro, dos melancólicos escritos do estimado Emiliano Gomez Carrasquilla, o que é desnecessário dizer, disse ele, mas digo mesmo assim. *Antes de Ivan Ilitch* havia confusão e pressentimento, um Jacov enclausurado em pensamentos de morte, na estridulante imagem de sua querida Vita morta se erguendo do abismo. *Depois de Ivan Ilitch* havia serenidade e graça, uma visão clara da sua obra-prima sobre a melancolia, uma sensação de paz e enlevo, porque, explicou Jacov, para entender a melancolia é preciso estar enlevado, ou ao menos contente, embora ajudasse ser histérico, *palpavelmente* histérico, acrescentou ele com palpável histeria. Contentamento, histeria e a constante oscilação das duas coisas são os caminhos que levam à floresta da melancolia, disse ele; sem contentamento, não se pode encontrar o caminho certo para a floresta onde a melancolia reside, e sem histeria uma pessoa achar-se-á para sempre perdida no matagal da ignorância onde o resto da humanidade habita. A melancolia estava mais uma vez no ar, e o segundo castelo de Stuttgart formigava. O primeiro castelo, agora vago, estava a semanas de ser demolido, e nós três nos mudamos para o segundo castelo de Stuttgart, grandes faixas haviam sido construídas perto ou adjacentes ou no topo do velho pomar dos Möllers porque, nas palavras de Jacov, *danem-se as suas almas eternas*, tendo insistido, Jacov, na verdade, que o seu gabinete fosse construído diretamente na extensão onde o pomar dos Möllers outrora ficava, aquele pomar que seduziu e torturou Jacov até o fim dos seus dias, aquele pomar que o fazia exasperar-se por razões que nunca pude determinar. Sonja ocupou um apartamento no terceiro andar, e intencionalmente ou não, era o andar mais difícil de adivinhar, acessível apenas por uma única escadaria em parte escondida por prateleiras de livros imbricadas e um enorme retrato de Jacov feito por Ludwig Boch, uma proeza extraordinária que retratava Jacov, de aparência vagamente imperial, nas vestes de um soldado de infantaria austríaco nas trincheiras da batalha, uma espada erguida acima dos invasores inimigos, todos eles, presumivelmente, *kleinianos* ou, no mínimo, símbolos ou motivos ou efígies de *kleinianos*, seguidores daquele tolo, daquele imbecil, daquela nulidade, e todos eles inimigos da melancolia; uma retrato sisudo, temperamental, com exceção do cabelo ruivo de Jacov, de um vermelho tão violento que praticamente saltava da moldura. Isso também se deu por volta da época em que Jacov recebeu a sua primeira prescrição de cocaína, numa tentativa, disse o dr. Schmidt, de equilibrar os humores de Jacov e, esperávamos nós, de aliviar a cortina que havia caído por cima do palco da mente do meu mestre, e a renovada exuberância de Jacov pela sua obra-prima, bem como a sua descoberta de *Ivan Ilitch*, coincidiram com o seu uso da cocaína, a que chamava de droga milagrosa. A cocaína é uma droga milagrosa, insistia Jacov, um canal até os deuses. A cocaína fez-me ver mais uma vez a total amplitude da obra da minha vida; a cocaína fez com que a melancolia florescesse dentro de mim como um campo de edelvaisse, mas uma melancolia mais suntuosa e impregnável e cósmica do que qualquer uma que já conheci, e enquanto ele bravateava eu permanecia sentado ou de pé, arrebatado pelos seus humores, pela enfática crença na sua sublime aptidão, e não consigo recordar se a cocaína veio antes de *Ivan Ilitch* ou se *Ivan Iltich* veio antes da cocaína, a cocaína auxiliando uma leitura mais profunda de *Ivan Ilitch* ou a leitura de *Ivan Ilitch* de alguma forma o incentivando a ingerir mais cocaína, pois ambas as coisas exercem profunda influência uma na outra, mas as duas se fundiam, de modo que o uso de cocaína de Jacov e a sua leitura de *Ivan Ilitch* pareciam um único ato conjurado pelo destino, e os seus sermões iam do registro alto ao médio e ao baixo, récitas infinitas repletas de ameaça e spleen e rancor agora temperados com frequentes e subsequentes pausas para a cocaína, de modo que mais tarde ele pudesse continuar com récitas de ameaça e spleen e rancor ainda mais expansivas. Suas diatribes relativas a Klein e aos *kleinianos*, em especial, assumiam uma imensa feição de horror e loucura, acusações e suspeitas e tramas de pura conjectura sendo expelidas incontrolavelmente e recendendo a paranoia, porém com o menor indício de verdade, já que eu não conhecera Klein mas conhecia, é claro, o meu mestre, e presumivelmente conhecia a alma do meu mestre, era íntimo da alma do meu mestre, e além disso, *confiava* na alma do meu mestre, e como tal não me incomodava muito com o consumo de cocaína, porque se Jacov alegava que eles eram todos uns brutos e bastardos e *negligentes intelectuais*, então, afinal de contas, eles o eram, e quem era eu para discordar? De manhã eu palmilhava o corredor do lado de fora do seu gabinete, entusiasmado para começar a tomar ditados e mais uma vez preencher os cadernos da sua biblioteca sempre crescente, ou talvez, enfim, pôr alguma ordem na coleção de prateleiras atulhadas de estudos que ele me ditava, centenas dos mais belos pensamentos e aforismos e filosofias sobre aquela que era a mais sombria das emoções humanas. Enquanto Wagner ressoava feito as botas de um exército se aproximando, eu esperava no corredor com a sua inclinação ridícula e os seus ângulos fortuitos, ainda piores por serem intencionais, o novo castelo, o segundo castelo de Stuttgart, absurdo até mesmo no seu estado inacabado, e era possível sentir a confusão da mente radiante de Jacov refletida nos interiores íngremes, nos corredores que aos poucos se estreitavam, nos patamares à vista mas sempre fora do alcance, nos cantos que agarravam e torciam mais tornozelos do que eu podia contar, contudo a mente dele, e meu amor pela mente dele, superavam quaisquer preocupações com a arquitetura, pois o que são os crus elementos da terra quando colocados ao lado do infinito? Meu desejo pelo ditado tradicional, no entanto, foi rapidamente postergado pelos pensamentos de Jacov carcomidos de cocaína, pelo seu desejo de nadar no lago-réplica ou contratar médiuns para contatar a sua irmã ou talvez dar um passeio ao luar em volta do imóvel de Stuttgart ou até mesmo indo até a cidade, na direção da Schlossplatz ou ao bar a céu aberto ou à Taverna Bruno Heinzl, onde os social-democratas, abrigados em meio aos bancos, passavam os seus dias bebendo cerveja espumosa e discutindo, porque não havia nada de que Jacov gostasse mais do que troçar dos habitantes locais, os burgueses tanto quanto o proletariado, já que ele não pertencia a nenhum deles, insistia que ele era simplesmente um artista e um psicólogo e um cientista tudo junto; portanto, os burgueses e o proletariado eram seres estranhos a ele, meros rebanhos humanos com rótulos fixos, não muito diversos dos *kleinianos* ou dos eurofuturistas ou dos marxistas, em especial dos marxistas, que recentemente se acotovelavam em meio aos cafés da Schlossplatz para discutir e bater os pés no chão. Os olhos de Jacov tremiam; úmidos de frio, as lágrimas lhe escorriam por ambas as faces, pois ele proibia o uso de casacos ou até mesmo de eu levar um casaco, pois o frio, insistia ele, fazia-lhe bem, o mesmo frio rigoroso que revigorava Jacov enquanto fazia as suas meditações budistas no gabinete com as janelas abertas e sem nem um retalho de roupa exceto seu fraque favorito; de fato, algo dentro de Jacov havia se soltado, talvez bom, talvez ruim, e se ele tinha sido ambicioso antes, ele o era ainda mais agora, mas se tratava de uma ambição imprudente que roçava o abismo e me fazia temer pelo nosso futuro. Tendo copiado *A morte de Ivan Ilitch* à mão três ou quatro vezes, Jacov me instruiu a comprar todos os exemplares disponíveis em Stuttgart, todas as traduções, a alemã, a polonesa e o original russo, e enquanto eu providenciava isso devia passar no dr. Schmidt para pegar mais uma prescrição de cocaína, pois não se podia mergulhar na obra mais brilhante que havia e acabar ficando por um fio, ver o horizonte, por exemplo, divisar o triunfo, por exemplo, agarrar o manto, por exemplo, e acabar tropeçando perto do fim. Com o tempo, ele concluiu o que eu deveria ter previsto: ele precisava visitar Tolstói em pessoa, e eu, é claro, o acompanharia, e talvez ele fosse rezar com Tolstói e partilhar ideias com Tolstói e, por fim, comungar com Tolstói, pois Tolstói era uma alma afim que era capaz de comunicar os caprichos da melancolia através da arte menor da ficção, e ainda que eu deteste ficção, disse ele, ainda que eu despreze ler ficção, disse ele, ainda que a ficção se resuma a adultos brincando de faz de conta e de fantasia, disse ele, Tolstói capturou o moderno estado da melancolia. *A morte de Ivan Ilitch* caiu em minhas mãos por um motivo, declarou, e tão logo ele tomou conhecimento de que Tolstói abandonara a literatura por um chamado espiritual, foi como se a propriedade de Tolstói, Iásnaia Poliana, estivesse à espera dele por todo aquele tempo, pois o seu abandono da literatura era prova, atestou Jacov, da conexão telepática que eles dois compartilhavam. Mas em Iásnaia Poliana as coisas azedaram, e ao fugir dos seguidores de Tolstói, em cima da plataforma da estação de Tula, Jacov não mais se considerava um tolstoiano, mas um ex-tolstoiano ou um tolstoiano banido ou, no mínimo, um tolstoiano de posição duvidosa, e naquela plataforma, a uma viagem ferroviária da segurança, surgiu Ulrich, de compleição ampla e obstinada e descaradamente versado no rastreio de cães bem como de pessoas, tendo sido enviado pelo próprio conde Tolstói, como algo saído de um romance ruim. Jacov desdobrou um punhado de dinheiro do Tabaco Reinhardt na esperança de que Ulrich nos deixasse em paz. Você nunca nos viu, sugeriu Jacov, piscando primeiro o olho direito e depois o esquerdo, metendo as notas na enorme pata de Ulrich. O disparate, o fiasco, a estupidez em Iásnaia Poliana se deveram ao orgulho de Jacov; cinco dias sem conseguir arranjar uma entrevista com o conde Tolstói, nada além de dois lugares na mesa do desjejum com os camponeses. A nossa chegada fora acolhida com um quê de reserva desinteressada, uma recepção de indiferença fria que exasperou Jacov e, agastado pelo tédio e incapaz de ir ter com o mestre,

Jacov decidiu traçar Masha, uma das criadas, uma prima distante de Tolstói, conforme se descobriu, e o que começara sendo quatro dias sem acontecimentos, com nossa estada na choupana das visitas, tendo breves vislumbres do profeta a conferenciar com os servos ou passeando solitário entre as refeições, terminou com a nossa fuga a pé. Em Iásnaia Poliana Jacov ficou irrequieto, acossado pela insônia e pela ansiedade, e por frivolidade, pura frivolidade, acrescentou ele, comecei a flertar com Masha, e muito em breve eu tinha feito amor com Masha e Tolstói descobriu, ficou lívido, não só porque Masha era a sua criada favorita mas porque ela era uma prima distante, a sua favorita, a única, na verdade, que Liev permitia entrar no seu gabinete toda manhã para levar o seu forte chá preto, disposto em porcelana gravada em ouro com o emblema de Pedro, o Grande, louças pelas quais, por razões políticas, o conde Tolstói sentia afeição e repulsa. Ela sempre levava ao conde o chá preto com dois biscoitos amanteigados e um dedo de geleia preta, confidenciou ela a Jacov depois de treparem na choupana das visitas, atrás das macieiras e no caminho de passeio ensombrado a três léguas do vizinho mais próximo, um trecho de estepe que sem usar palavras evocava um senso de dor russa, explicou Jacov, aquela dor inconfundível, tão ampla e operística, uma extensão de árvores mortas e solo inculto onde nada crescia; na verdade, acrescentou ele, o chão parecia propício para nada além de fome, sem flores ou grama, sem trevo-vermelho, em suma, sem vida, apenas um tipo de pântano úmido encapotado em bruma russa e sombras russas e desespero russo; mesmo assim, Masha não era uma criada, asseverou ele na plataforma da estação de Tula, mas uma serva sem valor e uma fofoqueira. Ela queria que eu fizesse amor com ela para despertar ciúme no velho. Tio dela?, perguntei. Jacov deu de ombros, quem sabe? Ela era obcecada com aperfeiçoamento e sacrifício culturais, e que maior sacrifício do que se insinuar, talvez até mesmo dar, para o seu tio famoso? Eu não tinha resposta para aquilo. A indignação de Tolstói em saber que um estranho, ainda por cima um croata, havia seduzido e feito amor com a sua preciosa Masha fê-lo desatinar, e a atmosfera em Iásnaia Poliana rapidamente ficou sinistra. Da choupana das visitas observamos os tolstoianos amontoados e aos círculos, organizando-se em pequenos bandos, e nós rapidamente pegamos nossas roupas e fugimos a pé. Conseguimos uma carruagem a dois ou três quilômetros depois da propriedade, e ela nos largou na estação de trem, onde Jacov cheirava cocaína com afã e eu palmilhava o chão com ansiedade, visualizando um grupo de tolstoianos indignados procurando na aldeia, armados de espadas e pistolas, uma cena, conforme se descobriu, não muito distante da verdade. Que vão para o inferno, riu Jacov, eles são pacifistas, então ou eles vêm me atacar e provam que são hipócritas, ou me confrontam e comprovam ser os covardes que são. Os olhos dele estavam vermelhos como o seu cabelo, e os seus gestos pareciam erráticos e exagerados, os seus membros aparentemente prestes a abandoná-lo. Mais duas pitadas de cocaína e Jacov gesticulou para mim com um sorriso diabólico; creio que eles também estejam atrás disto, e ele prosseguiu desencavando um cavalo dourado das costas do seu casaco de sarja, um cavalo empinado sobre as pernas traseiras em cima de um pedestal. Que é isso?, perguntei. Um peso de papel, disse ele, pelo menos acho que é. Masha mencionou que é um dos objetos favoritos de Liev, uma lembrança da sua campanha no Cáucaso, e quando o conde se juntou aos servos nos campos eu me esgueirei para dentro do gabinete. Você o roubou?, perguntei. Isto não carecia resposta, e o cavalo dourado, uma lembrança, um peso de papel, uma relíquia mais útil como arma do que como decoração, escondeu-se mais uma vez dentro do seu casaco, e se Tolstói queria nossas cabeças porque Jacov traçara Masha ou por causa da pilhagem do peso de papel ou ambas as coisas era uma incógnita. Mas, então, Ulrich chegou, a princípio para apreender, depois para libertar, pois no momento em que os seus olhos avistaram o dinheiro, conhecemos com atordoante nitidez a natureza de Ulrich e o pragmatismo com que ele via o maço de dinheiro do Tabaco Reinhardt sendo-lhe oferecido, e Jacov deixou explicitamente claro que o maço era só um gostinho, e com pouco alarde ficou estabelecido: Ulrich receberia um estipêndio mensal ou *salário*, e de imediato se juntou a nós como uma espécie de capanga ou agente, cumpliciado na miríade de perseguições e ciúmes e paranoias de Jacov bem como nas inumeráveis contas que ele sentia precisarem de acerto, pois uma paz com os meus inimigos, declarou Jacov na plataforma da estação de Tula, e eles são inúmeros e a sua estupidez não tem fundo, é simplesmente inaceitável. Jacov considerava e rotulava o mundo inteiro, não apenas os kleinianos, como a turba silenciosa e ameaçadora, a turba amorfa e perigosa, a turba matreira e traiçoeira e maliciosa, não muito diferente, disse ele, dos simplórios de Knin, aqueles preguiçosos, ignorantes e repulsivos arrivistas, aqueles arruinadores de mundos que destroem e apodrecem tudo aquilo que tocam, e não só o que tocam; não, arruínam tudo com um mero pensamento. Isso vai servir, disse Ulrich, contando um bolo de cédulas espesso o bastante para entalar uma chaminé; sendo bem franco, estou por aqui daqueles vira-latas de Iásnaia Poliana, que o diabo os carregue. Que eles fiquem com a minha mala também; eu é que não vou voltar. A minha lealdade segue o dinheiro, disse ele, e o dinheiro do Tabaco Reinhardt jamais pararia de fluir, correndo em quantias cada vez mais generosas, uma prodigalidade que facultou a Ulrich uma inestimável liberdade para suas paixões, desde adestrar cães de ataque a comprar e vender imóveis por toda a Europa, em especial nos subúrbios de Minsk, onde ele recentemente havia feito vários investimentos seguros numa série de arranha-céus de apartamentos de baixa renda, na maior parte moradias para trabalhadores de fábrica e famílias desfeitas. Sou um senhorio de cortiços, confessou ele certa vez, por que mentir a mim mesmo? Não sou de me pintar como não sou. E pior, entedio-me fácil. Aprendi em tenra idade que pouca coisa me dá medo; na verdade, nada do que conheço já me meteu medo, portanto, anseio por isso. A violência ajuda, mas o tédio se instala, e preciso sair em busca de cães ferozes, que, por alguma razão obscura, acalmam meus nervos. Contudo, na floresta Gualeguaychú, com apenas uma tênue compreensão da realidade, eu agora via Ulrich confrontar a única coisa que o assustava, e essa coisa era a traição, pois ele se ajoelhara ao meu lado e insistira que eu tomasse partido, que eu o ajudasse quando chegasse o momento, e eu me sentia pegajoso e gelado, e embora eu o tenha instado com os olhos, Ulrich estava resoluto; ainda que eu sentisse os pulmões se enchendo de catarro, sinal certeiro de que a minha tuberculose finalmente chegaria, isso e o formigamento nos dedos dos pés que ou era botulismo ou a temida *tosse tártara*, Ulrich não quis ouvir nenhuma palavra daquilo. Podemos ser atacados a qualquer momento, disse ele; amanhã vou desviar a nossa rota só um pouquinho, levando-nos, se Deus quiser, para fora da floresta Gualeguaychú e de volta outra vez para San Rafael, e eu me lembrei dos barracos e das cabanas de San Rafael e dos nossos problemas com os habitantes locais quando de nossa primeira aproximação embaixo de neblina, todos nós enlameados e delirantes, parecendo um tipo de assombração, pois na verdade eu não saberia dizer por quanto tempo tínhamos ficado na natureza porque vivêramos em incessante perdição, a terra úmida grudada em toda faceta da nossa existência, das nossas botas às nossas roupas aos nossos rostos, fazendo-nos uns parecidos com os outros, e quem poderia dizer como as horas se dividiram em dias ou semanas ou meses? Deixáramos Montevidéu quase cinco meses antes, e eu estava quase certo de que deixáramos o Uruguai, talvez cortáramos pela Argentina ou fôramos ao norte por engano e déramos no Brasil. Quem poderia saber? Tudo era um borrão de selva e neblina, semanas de busca infrutífera por San Rafael e Carrasquilla, depois busca infrutífera por Carrasquilla e San Rafael, tudo sob ameaça da morte, com as veladas flechas dos yaros apontadas para nós. San Rafael era a aldeia pela qual procuráramos em vão até que, por puro acaso, encontramo-la, a aldeia onde Emiliano Gomez Carrasquilla, o grande xamã da melancolia, supostamente morava, e quando Javier, aquele intérprete picareta, conforme Jacov o chamava, dirigiu as suas primeiras palavras aos habitantes locais, principalmente o nome Emiliano Gomez Carrasquilla, pensamos ter encontrado o nosso fim, pois um trio de locais de cabelo de ébano desembainharam pistolas de debaixo dos seus ponchos. Você é o intérprete mais abominável que há sobre a Terra, Jacov disse a Javier, o intérprete mais odioso e perigoso, cuspiu ele, um intérprete que convida a morte a cada palavra que fala, como se quisesse nos levar para mais perto da morte do que nos trazer para mais perto da vida. Antes de encontrar San Rafael, quase desistíramos; Jacov estava mascando de quatro a cinco bolas de coca por dia e com muito menos efeito do que a sua provisão de Stuttgart; isso e a plenitude da floresta tropical, com a sua coloração verdejante e luz vacilante, se tornaram os algozes pessoais dele. A interminável bruma que pairava no ar e cobria todo detalhe da vida era para Jacov uma afronta pessoal. A sua abstinência da poderosa cocaína de Stuttgart fê-lo desatinar, e ele bravateou sobre a repugnância da América do Sul, uma terra, disse ele, um continente, insistiu ele, que mostra a sua depravação ao esconder as suas melhores mentes, mais notavelmente Emiliano Gomez Carrasquilla, o maior, o mais astuto observador da melancolia do século passado. Então fomos parar em San Rafael, evidente por causa da placa de madeira em que se lia "San Rafael", mas a sorte de ter achado a aldeia do grande filósofo logo azedou quando Javier tentou se comunicar, levando um Jacov já irado, um Jacov que tremia com a abstinência da cocaína, a amaldiçoar a incompetência e a má sorte de ter contratado Javier para começo de conversa, pois o espanhol era tão inapto que nossas energias eram tão gastas em mantê-lo calado como as dele eram gastas desfigurando os dialetos obscuros falados no interior da floresta. A cada oportunidade Jacov repreendia tanto a Espanha quanto a língua que esta produzia, uma língua estúpida, cuspia ele, que mesmo os nativos das florestas preferem não falar. Ao inferno com a Espanha, fustigou Jacov, ao inferno com a nação que o gerou e Madri, aquele sovaco de cidade, aquela pústula de cidade, aquela chaga aberta na Europa e na Terra! Madri é o que acontece quando milhões de idiotas procriam e os seus filhos, idiotas ainda piores, também procriam, sendo que foder talvez seja a única coisa em que vocês espanhóis são bons, e quando estive em Madri a minha alma doeu e o tempo simplesmente parou, como se eu tivesse sido lançado ao inferno, pois Madri é o arquétipo do inferno, Madri é o simulacro do inferno, pois ambos partilham todos os detalhes, todas as facetas imagináveis, e se eu tivesse escolha não assassinaria você, mas simplesmente o mandaria de volta para aquela terra amaldiçoada, o que, no fim, é o que você merece, e você é tão estúpido que provavelmente gostaria disso, ao que esse último chiste foi prontamente seguido por Jacov amassando uma bola de coca dentro da boca. Inicialmente, a placa em que se lia San Rafael fora avistada e Jacov sentiu que tudo estava salvo. Tudo está salvo, vociferou ele para a dúzia de remanescentes, e a voz permeou a névoa feito um espectro, pois ultimamente os nossos dias haviam sido dispendidos em grandes altitudes, a bruma tão densa naquelas elevações que tínhamos apenas esparsos vislumbres uns dos outros, e cada dia chegava ao fim com a percepção de que mais uma pessoa tinha desaparecido, desertado talvez, mas mais provavelmente caído de um penhasco, a mula sem nenhuma noção de onde a terra acabava e a morte começava. San Rafael decerto era o lugar, pressentiu Jacov, onde encontraríamos Emiliano Gomez Carrasquilla, o profeta perdido da filosofia melancólica que Jacov descobrira ao deixar Knin aos catorze anos para estudar no nobre e seleto Instituto e Ginásio Harmsgradt nas cercanias de Bucareste, um colégio particular cujos luminares anteriores incluíam o violinista Rolf Brâncoveanu, o líder comunista Mircea Bogdan e o crítico de teatro Andrea Antonescu. Aos catorze anos, Jacov era um proscrito, um autointitulado pária, voluntariamente renunciara ao alfabeto croata, falando em vez disso a língua que partilhava com Vita, não só pontuando o seu discurso com frases, mas, antes, falando *exclusivamente* na língua dos dois; em suma, ignorava o croata por completo, falando enfática e articuladamente de modo que, quanto mais ele dizia e quanto mais o dizia de maneira apaixonada, mais convencidos os aldeões ficavam de que Jacov estava possuído pelo demônio, e não havia nada que os seus pais desejassem mais do que mandá-lo para longe, pois fazia mais de quatro anos desde que Vita morrera, e em vez de convalescente e maduro, Jacov ficara mais isolado e angustiado, como se a morte da sua irmã gêmea fosse uma ferida recente, e foi numa sufocante noite de junho em que ele se aproximou dos seus pais, que estavam sentados à grande lareira de barro, e explicou no croata mais nítido e preciso que eles já haviam ouvido, com uma pronúncia de um grande orador ou um ator recitando Goethe, para não mencionar uma língua que eles não haviam ouvido Jacov falar já fazia três anos, que ele de fato iria deixar Knin, tal como ambos e a aldeia, na realidade todas as partes envolvidas, queriam, mas ele insistiu em ser mandado para o Instituto e Ginásio Harmsgradt, do qual seus pais não sabiam lhufas, de cujo nome eles nunca tinham ouvido falar, mas alegremente concordaram, aliviados por verem o filho homiziar-se longe da aldeia, embora nem um pouco horrorizados com a duplicidade de sua natureza, que aparecia tão rápido quanto uma troca de roupa, que seu pai certa vez descreveu, jactou-se Jacov, como uma *serpente trocando de pele*. Aos catorze anos, Jacov deixou Knin; aos quinze já tinha lido a primeira obra de Emiliano Gomez Carrasquilla, o panfleto *Como a alegria nos salva*, deixado despercebidamente sobre uma mesa na biblioteca de Harmsgradt, uma obra que não mencionava tristeza ou páthos nem, de fato, melancolia, mas uma breve obra filosófica que, como sugeria o título, era um guia para vivenciar a alegria e sobre a importância da bem-aventurança na própria vida. Todas as obras de Carrasquilla, na verdade, dos tratados aos aforismos até as mais vastas obras-primas tardias, eram testemunhos da glória e da profundidade e do completo significado da felicidade. Isso impressionou o jovem Jacov, um Jacov deprimido e quase suicida vestido todo de preto, um Jacov que murmurava em uma língua solitária enquanto se esquivava dos colegas de classe, preferindo em vez disso remotos recônditos do campus onde podia ruminar nas sombras, por ser a obra de um gênio visionário e vivo, e instantaneamente ele sentiu os transformadores efeitos que as obras de Carrasquilla teriam na vida dele, pois ele disse, e eu escrevi, eu senti a ironia no tom de Carrasquilla, isto e mais me foi ditado certa manhã no segundo castelo de Stuttgart enquanto eu fitava por sobre a coroa da cabeça de Jacov como se fosse um planeta radiante que eu ansiasse por habitar, não somente uma ironia, continuou ele, mas uma sutileza, uma nuance, uma acuidade que faltava a todos maçantes e soturnos intelectuais europeus, pois o que eles diziam e escreviam, ele disse e eu escrevi, já entendi há muito tempo, e a sua redundância ficou ainda mais palpável com as singulares obras de Carrasquilla, que demonstravam a estética de uma mente original, pois Carrasquilla era um teólogo reformado, um místico, e esse misticismo conformava todas as suas obras, imbuía de inabalável originalidade as suas meditações acerca da felicidade. Carrasquilla suportara todas as provações, do estoicismo ao xintoísmo ao hinduísmo, até encontrar contentamento no simples ato de isolar-se, e um caminho divino, a melancolia, apresentar-se. No interior romeno, disse Jacov, a minha alma irrompeu; no interior romeno, explicou ele, em vez de simplesmente sentir a melancolia, *entendi* a melancolia; no interior romeno, continuou ele, a minha querida Vita morta encontrou um código, e por meio das palavras de Emiliano Gomez Carrasquilla, todas as quais associo com o luminoso interior romeno, onde, se se deseja especular sobre a existência do divino, basta passar uma noite no Vale Prahova, onde a luz casa os penhascos com a alma, para sentir o consolo e a harmonia do espírito divino, eu encontrei conforto. Naquele vale experimentei um momento de autotranscendência e entendi o propósito da minha vida. Finalmente fui capaz de falar sobre melancolia em um nível intelectual porque, no interior romeno, Carrasquilla me havia conferido o vocabulário necessário, e cada vez que Carrasquilla usava as palavras *alegria* ou *felicidade* ou *contentamento*, eu simplesmente as invertia. Tudo que Carrasquilla escrevia, explicou Jacov, celebrava a vida e as alegrias da existência, do ritual diário de uma refeição quente à beleza da contemplação, e no fundo da minha alma eu sabia que ele estava ridicularizando e escarnecendo quem persegue a felicidade, e assim, em suma, a sua atenção à felicidade e a sua esquiva da melancolia eram meramente uma maneira esperta de se esquivar da felicidade e servir à melancolia. Assim, procurei todas as suas obras e devorei todas as suas obras, e enquanto o fazia meramente transpunha, isto é, invertia, tudo o que ele escreveu, o que, tenho certeza, era o intento de Carrasquilla, pois além de ser o maior filósofo melancólico da história, ele também é um astuto humorista, e, portanto, as suas palavras de alegria eram, na verdade, palavras de páthos e lamentação, e percebi, aos quinze anos, que eu era a única pessoa a entender isso; nem mesmo a sua tradutora alemã, Elsa Weber, entendia ou apreciava o fato de que, ao aderir com fidelidade à obra dele, ela literalmente traduzia o *inverso*, o *oposto*, a *negação* das intenções do autor! Na arquitetura da obra de Carrasquilla, disse Jacov, entendi que a sua *negação* da melancolia era na verdade uma *corroboração* da melancolia; a sua paixão pela alegria era na verdade uma suspeita e uma desconfiança e uma fadiga da alegria. Tudo o que ele escrevia, quando invertido, formava as mais radicais e sagazes filosofias que já encontrei. A sua obra mais extensa, *Por que vivemos*, certa vez invertida por mim para *Como morremos*, é o melhor exemplo, uma teoria de seiscentas páginas sobre o propósito de encontrar felicidade, ou seja, uma teoria de seiscentas páginas sobre o propósito de perder a felicidade, ou melhor, de encontrar a melancolia, e conforme Jacov falava corriam-lhe lágrimas pela face, pois sempre que o nome de Emiliano Gomez Carrasquila era articulado, tornava-se quase impossível que Jacov refreasse as suas emoções, tão seduzido e enfeitiçado pelo seu mentor, e às vezes ele pedia licença para ir fazer amor com Sonja, pois a melancolia que se segue ao coito é uma das maiores e mais serenas melancolias que existem e a qual sempre se deve ambicionar, e isso, ele disse e eu escrevi, pode ser encontrado em muitos dos panfletos de Carrasquilla sobre o autocomedimento e na sua convicção nas alegrias do celibato e da abstinência, ou seja, na sua convicção na angústia e na dor do sexo. Cada vez que Carrasquilla mencionava a abstinência, disse Jacov, eu a substituía por sexo; cada vez que Carrasquilla mencionava a alegria, revelou Jacov, eu a substituía por melancolia, e quando Carrasquilla pregava a moderação, eu praticava a devassidão mais radical: veja então você, ele disse e eu escrevi, que as obras dele eram os catalisadores das minhas visitas e depois das minhas pilhagens nas casas de banho e nos bordéis de Bucareste, onde as mulheres eram tão baratas e bonitas, mamíferos de pele sedosa que me ensinaram a tristeza imutável que permeia a alma imediatamente após o clímax. Com elas, opinou Jacov, descobri a violência inerente ao intercurso, e minha predileção por estapear e espancar e socar logo adveio, pois Carrasquilla é também um enfático pacifista, ou seja, um beligerante. Meu sexto outono em Stuttgart chegara quando Jacov me ditou a sua descoberta de Carrasquilla: os longos e tristes anos no Instituto e Ginásio Harmsgradt, onde sozinho ele trilhou o Vale Prahova, um vale imbuído da beleza mais concentrada da Terra, um ambiente de pura bem-aventurança, que inevitavelmente produzia uma tristeza consumada, sendo as obras de Emiliano Gomez Carrasquilla o único consolo de Jacov, e, por fim, ele deixou o instituto sem se formar, trilhando a Europa maior e fornicando pelo caminho de Viena a Estocolmo a Belfast, fazendo, disse ele, o oposto de tudo o que

Carrasquilla escreveu, e a cada obra nova, a cada tradução nova, ele se sentia mais perto de Carrasquilla ou, melhor, da melancolia, o que dava no mesmo. Ele considerava *A sequência da abstinência*, uma série de panfletos publicados em 1893 e reintitulados por Jacov como *A sequência da fornicação*, especialmente venturoso, e sim, disse ele, eu me apaixonei e desapaixonei, e sim, disse ele, houve dezenas, talvez centenas, de mulheres com quem me tornei melancólico, mas a minha única constância, disse ele, minha inabalável estrela guia, era Carrasquilla, cujas obras eu lia e invertia sempre que me achava enfurnado num apartamento barato ou nalguma tétrica casa de pensão, pois eu era desprovido e não tinha ainda herdado o dinheiro do tabaco que mais tarde eu descobriria ser tão útil, a minha mãe ainda viva, o meu pai morto logo após minha fuga de Knin; a minha mãe me mandava cheques módicos com anotaçõezinhas e flores amassadas porque a pobre mulher tinha se tornado sentimental e viçosa na velhice, e lembrava com carinho do tempo em que éramos como uma mãe e um filho devem ser, ou seja, um tempo que nunca existiu, e assim, estando empobrecido, eu bamboleei pelas maiores e menores cidades do continente. Copulei com mulheres gordas, mulheres magras, mulheres velhas, viúvas e solteironas igualmente, forniquei com mulheres ricas e complacentes, tudo isso para desenterrar a melancolia na raiz da alegria, ou talvez a alegria na raiz da melancolia, porque a ordem, disse ele, sempre foi imaterial. Quanto mais os escritos de Carrasquilla proporcionavam um caminho para a euforia, disse Jacov, mais eu fornicava e encontrava páthos; quanto mais esclarecedoras as suas filosofias sobre a bem-aventurança, mais determinado eu ficava a grudar na tristeza. A amplitude de todos aqueles traseiros e peitos leitosos, refletiu Jacov, todos aqueles membros flácidos, toda aquela copulação de Leipzig a Bristol às praias do Mar Negro, martirizando-me no trono da melancolia, onde muito em breve me tornei um homem. Frequentei os simbolistas por um período, depois os estoicos, um clã detestável, que eram piores que os realistas, que desprezavam os *kleinianos*, que frequentei e depois abandonei, um episódio assaz escandaloso que causou não poucas fofocas nas melhores universidades ao longo do Danúbio. Mas eu estava evoluindo. Descobri a ópera, principalmente Wagner, e se o som da melancolia era Wagner, a cor da melancolia era Caravaggio, o pintor mais brutal e visceral que já conheci, cujas obras visionárias flutuavam diante dos meus olhos como a luz divina: aqueles arcanjos carnudos, aquelas feridas piedosas, o jogo entre escuridão e claridade, e de repente entendi a motivação de Jacov para todas aquelas imitações de Caravaggio que pontuavam as paredes do segundo castelo de Stuttgart, a maioria delas representando Jacov sob uma luz celestial, visitado por anjos, e em uma delas em particular, claramente uma cópia da *Maria Madalena em êxtase*, exibindo, no lugar dela, Jacov em êxtase, a sua graciosa fronte embebida do mais profundo chiaroscuro e querubins alados a lhe circular os tornozelos, e eu apreciei a maneira como as reproduções do seu ídolo haviam encontrado lugar pelas paredes do seu lar, pois qualquer coisa que aproximasse Jacov da experiência de ler Carrasquilla ou ouvir Wagner ou observar Caravaggio, em uma palavra, que o aproximasse da melancolia, meu mestre invectivaria sem restrição. Mesmo assim, continuou ele, tornei-me refinado. Sabia se um bordel era digno das minhas atenções simplesmente pela inclinação do toldo ou pela fonte usada no letreiro. Entendia a incessante cadência de uma cidade, pois assim como Emiliano Gomez Carrasquilla era um asceta que praticava a autonegação nos cafundós da América do Sul, eu inverti isso, e assim vivi nos fervilhantes centros da Europa como um prófugo sem-vergonha, não por alegria, disse ele, não por prazer, insistiu ele, mas pela mais alta, pela mais altiva emoção que qualquer ser mundano e terrestre pode alcançar: a dadivosa transcendência da melancolia, e Jacov chorou e eu lhe agarrei a coxa, sem querer jamais largá-la. Duas vezes ao ano uma nova tradução de Carrasquilla subitamente aparecia, e duas vezes ao ano Jacov se achava enclausurado num apartamento barato em Munique ou no cafofo de alguma prostituta em Graz, lendo e decifrando as palavras do seu modelo e mentor e vidente melancólico, e os sentimentos que Jacov tinha por Emiliano Gomez Carrasquilla eram os mesmíssimos sentimentos que eu tinha por Jacov, pois Jacov expressava essas emoções de modo claro e agudo, e todavia, quando eu tentava expressar essa semelhança, Jacov punha um dedo rechonchudo nos meus lábios como se dissesse *Eu sei, meu filho, como seria possível não me amar e reverenciar? Agora não é hora*. A destruição externa do primeiro castelo de Stuttgart estava quase completa, e acima do clamor da demolição Jacov pediu-me que tomasse nota, e ele começou a elucidar o começo dos anos 1890, uma época em que o hedonismo era consumado e celebrado sem restrição, e embora eu não passasse de um menino no começo dos anos 1890, senti uma nostalgia pelo começo dos anos 1890 porque, disse Jacov, o começo dos anos 1890 foi uma época de grande devassidão e excesso, significando, para ele, uma época de mergulho nas revoltosas e insondáveis águas da melancolia; o começo dos anos 1890, disse ele, uma época de copulação infinita, quase sempre com estranhos, para encontrar um portal para a melancolia, melancolia encontrada nas mormacentas casas de banho da Romênia e da Alemanha e da Áustria-Hungria e melancolia encontrada nas obras masturbatórias de Carrasquilla, cujas melhores e mais brilhantes e agudas intuições acerca da felicidade, ou seja, da melancolia, eram simbólicas do começo dos anos 1890, mas especialmente 1894, porque, conforme Jacov apontou, 1894 foi como uma orgia sem limites, melancolia irrestrita e pouco mais do que isso. No ano de 1894, elucidou Jacov, houve 365 dias de sexo desbragado e desregrado e incompreensível, e, acrescentou ele, de melancolia sem igual, se você soubesse onde procurar. Foi uma época, disse Jacov, em que eu estava juntando os fundamentos da minha obra tardia, pois havia acabado de conhecer Otto Klein e tinha sido apresentado à *teoria kleiniana* para mais tarde refutar a *teoria kleiniana*, tendo a *teoria kleiniana* auxiliado e adiado meu crescimento, mas na época eu estava amadurecendo, estava me preenchendo, e os meus ossos se assentavam e meu foco era mais contundente que nunca, e de súbito Jacov parou porque Sonja apareceu na soleira, pois ela ainda não havia perdido a perna e podia se aproximar sem ser anunciada e com grande furtividade. Ela e eu vínhamos trocando livros de poetas ingleses, o que enfurecia o meu mestre mas deliciava Sonja, que naquele momento devolvia um livro de Tennyson que havia lhe emprestado, sempre com o acréscimo de marginália, pois Sonja não era só uma leitora incisiva e uma tradutora de poesia, mas também ela própria uma poeta talentosa, e mais tarde, depois de perder a perna, quando os seus poemas passaram a apresentar uma virada sombria e assaz previsível, havia grande beleza em seu trabalho, pois Sonja via a superfície da vida, mas também percebia o funcionamento interno da alma, e, sem o conhecimento de Jacov, as suas traduções para o tcheco das *Baladas líricas* bem como do *Kubla Khan* de Coleridge haviam sido acolhidas por pequenas editoras e eram reconhecidas e muito procuradas, embora disponíveis apenas em livrarias obscuras e provincianas. Os seus primeiros poemas, surpreendentemente, continham um elemento pastoril, um amor pelas campinas e colinas e uma afeição lírica pela criação de animais, surpreendente em Sonja, uma criatura urbana, uma garota da cidade, e mesmo no seu tempo de amante e dona de casa de Jacov ela não refreava seus confortos cultivados, pelo contrário, frequentava os bistrôs e cafés de Stuttgart, onde fez amigos artistas e revolucionários e subversivos igualmente, pois Sonja adorava os decadentes e era especialmente enamorada das obras de Swinburne e Verlaine, mas achava a melancolia um tédio, um beco sem saída, ao passo que eu e Jacov achávamos a melancolia infinitamente atraente, um portal para o espírito humano e muito possivelmente a palavra mais bela e poética a passar por lábios humanos, pois o estudo da melancolia, declarou Jacov certa vez, era um ato de graça intelectual, e meramente enunciar a palavra devagarinho, *me-lan-co-lia*, invocava a palpável visão de uma Vita de bochechas rosadas correndo pelos fulvos campos de Knin, o que em nada diferia, alegou Jacov, de ver a face de Deus. O ano de 1894 foi uma saraivada de devassidão, amaldiçoou Sonja, que tinha obviamente nos entreouvido, e a sua *busca* por tristeza, a sua *jornada* para a melancolia, deixou cidades como Praga, e mulheres como eu, mutiladas e sifilíticas. Jacov dispensou as palavras dela com um tapinha. Sonja bebericou o seu schnapps e me devolveu o Tennyson. Mesmo eu, disse ela ao sair, sendo uma criatura sexual, conheço meus limites, e 1894 é uma marca sombria na história da Terra. Ela exalou uma baforada de fumaça e recolheu-se aos seus aposentos, onde um jovem homem provavelmente a esperava, já que as relações dela com Jacov sempre foram abertas, e mais, Jacov ultimamente se tornara indiferente ao sexo, sendo a fonte dessa indiferença um mistério que Sonja não ambicionava resolver. Não havia nada de que Sonja gostasse mais do que entreter jovens stuttgartenses, despertar-lhes os desejos mais carnais, e com frequência eu via esses amantes depois, perdidos nas intricadas alas do segundo castelo de Stuttgart enquanto procuravam a saída, e eu fazia o meu melhor para guiá-los até a saída, jovens viris banhados em suor, as pupilas ingurgitadas, e eu não sabia o que eles faziam com Sonja, mas podia imaginar, assim como eu imaginava Jacov nas várias posições que um homem de tamanha beleza assumia ao repousar ou talvez copular, ou, se eu imaginasse com mais força, ao trepar numa árvore, e por que não, por que Jacov não seria capaz de envergar um par de calções e fazer uma excursão, permitindo que o sol lhe envolvesse as coxas polpudas e as canelas pálidas enquanto ele se agarrava aos galhos mais baixos de, digamos, um pinheiro ou uma bétula ou uma muda de abeto, alçando-se, aos grunhidos, do chão? Aqueles jovens, machucados e manchados, fugiam do segundo castelo de Stuttgart, e eu nunca os via duas vezes, e para ser totalmente franco eles não eram sempre tão jovens, já que eu vira Sonja recebendo homens sórdidos e homens dissolutos e beberrões igualmente, homens que provavam que os gostos dela não eram sempre tão meticulosos, e é um mistério se ela gostava dos tapas e dos socos tão estimados por Jacov, mas o gosto dela para homens, tal como o gosto de Jacov para mulheres, abarcava toda uma gama e com frequência eu me perguntava se Sonja levava para a cama a mesma paixão que ela tinha pela poesia, mas eu mergulhava nisso apenas por um momento, pois o sol se levantara e Jacov estava parado acima de mim; o cabelo em volta das suas orelhas pareciam chamas, e ele pôs a palma da mão na minha testa, insistindo que minha febre havia passado. Sua febre passou, declarou ele, vamos andando. Ao virar a cabeça, vi os cascos dos burros e os pés dos nossos guias, e eu estava mais uma vez de volta ao amaldiçoado solo da América do Sul, o solo cruel da floresta de Gualeguaychú, o mesmo solo que roguei que me envolvesse, pois quantas vezes pode um homem cortejar a morte, quantas vezes deve uma única alma sofrer as indignidades e febres da existência? Jacov segurava um facão na mão esquerda e os *Livros de origem* na direita, pois parecia que ele acabara de tomar notas ou talvez desenhar paisagens, tal como ultimamente tinha sido seu hábito. Não estamos batendo em retirada, ele murmurou ou para mim ou para a neblina ou talvez para ele mesmo; não, insistiu, nós vamos encontrar o caminho de volta para Montevidéu a fim de recolher mais provisões, em especial cocaína, e eu me perguntei se Montevidéu estava a dias ou meses de distância, porque a paisagem deste continente era infernal e infindável, amalgamara-se em um único momento dilatado e, se fosse pressionado, eu teria jurado que estávamos nos repetindo, revivendo acontecimentos, subindo as mesmas colinas, passando pela mesma tenda, condenados a cruzar esta terra amaldiçoada para todo o sempre. Eu me ergui. Jacov recuou e um instante depois Ulrich estava do meu lado; é hora de você andar por conta própria, disse ele, não podemos nos retardar com a sua doença nem mais um minuto. Vamos aos empurrões até San Rafael, sussurrou ele, onde, se Deus quiser, poderemos aplacar os habitantes locais e enviar notícias do nosso paradeiro. Uma mula defecou ao meu lado. Uma ave antiga cacarejou acima de nós. A neblina era um objeto sólido, fixo e insuportável, e não reconheci as cercanias como terra, mas como o terreno remoto de uma terra tentando nos repelir, e de súbito um guia uruguaio se pôs ao lado de Ulrich, insistindo que nem San Rafael nem o Rio da Prata ficavam perto das redondezas, e por quê, ele perguntou a Ulrich, vocês estão tão obcecados com esses lugares? Isso encetou uma discussão entre Ulrich e o guia uruguaio a respeito do rio ao nosso lado, que Ulrich insistia ser o Rio da Prata e que o guia uruguaio garantia não ser nem de longe o Rio da Prata, uma vez que não estivéramos perto do Rio da Prata fazia meses, literalmente meses, e o guia uruguaio riu da cara impassível de Ulrich ante a soma de tempo e distância que nos separava do Rio da Prata, você parece ser um homem sensato, o guia disse a Ulrich, você parece ser um homem educado, o guia disse a Ulrich, porém de alguma forma você acredita que estivemos ao lado do Rio da Prata, *abraçando* o Rio da Prata, *tocando* o Rio da Prata o tempo todo. Tudo isso, é claro, foi porcamente traduzido por Javier, que não pôde se furtar a rir do descaramento do guia uruguaio, o que tensionou ainda mais a já cerrada mandíbula de Ulrich. Nós nos separamos do Rio da Prata quase sessenta dias atrás, o guia contou a Ulrich e Javier traduziu, sessenta dias durante os quais a mata ficou mais densa e as colinas mais íngremes, ele disse e Javier traduziu, sinais certeiros de que estamos nas entranhas mais profundas da floresta Gualeguaychú, foram essas as exatas palavras que Javier traduziu, *entranhas mais profundas*, sessenta dias nos quais, se esteve prestando atenção, você deveria ter aprendido que o estuário agora paralelo a nós não se compara nem de longe com o Rio da Prata, o guia disse e Javier traduziu; na verdade, lembro-me perfeitamente de explicar a diferença entre este e o Rio da Prata, o guia uruguaio concluiu e Javier traduziu, ilustrando o mais extremo, o mais profundo contraste de flora e fauna entre os dois rios, em meio a inúmeros outros detalhes, e, como se fosse uma visão, Jacov apareceu, insistindo que nada daquilo importava. Nada disso importa, disse ele a todos os presentes, os quais, devido à neblina, eram um completo mistério, já que podia haver ainda dez ou doze de nós bem como quatro ou cinco, porque a neblina impregnável significava que nossos rostos podiam aparecer ou desaparecer, chegar ou partir, ir e vir à vontade, e também espontaneamente, fazendo o espetáculo todo parecer o ensaio de alguma tragédia de segunda categoria. É tudo irrelevante, disse Jacov, os rios e os seus nomes, o clima detestável, até mesmo a direção; não, o que importa é encontrar Emiliano Gomez Carrasquilla e, portanto, a melancolia sem verniz, sem mácula e sem contestação, e somente a congruência dessas coisas irá nos deixar mais perto do nosso destino, e se Carrasquilla voltou a San Rafael, nós retornaremos a San Rafael e o resgataremos, mas não antes de visitarmos Montevidéu para mais cocaína, e eu estremeci de repulsa, pois me lembrei de San Rafael e do feiticeiro com dentes serrados que soprava fumaça na boca de Jacov para decifrar-lhe alma. No momento de nossa chegada, nos disseram que Emiliano Gomez Carrasquilla tinha saído espaventado da aldeia havia poucas semanas, e Jacov, tendo acabado de perder o seu mentor, ficou fora de si. Caiu de joelhos e chorou; debateu-se e golpeou o ar, e qualquer ameaça que os aldeões julgavam representarmos desapareceu de imediato, com exceção, é claro, da ameaça imposta por Jacov, cuja teatralidade atiçou o interesse do feiticeiro ou curandeiro ou ancião da aldeia, que insistiu ter lido a alma de Jacov, pois estava certo de que era a alma de um homem doente, garantindo-nos que o ritual não era um exorcismo mas um exame do vigor e das intenções de uma pessoa, pelo menos foi isso que Javier traduziu, embora no passado, admitiu Javier, ele houvesse confundido palavras como *exorcismo* com *rio* ou *macaco*, palavras estranhamente intricadas e complexas, conforme explicou ele em alemão mas com um sotaque espanhol tão denso que resistia ao escrutínio. Ao soprar fumaça no nariz e na boca do paciente, o feiticeiro ou curandeiro ou ancião da aldeia observaria o corpus, o bem ou o mal lá contido, pelo menos foi o que Javier traduziu, embora houvesse certas palavras, confessou Javier, palavras espinhosas e delicadas, que impunham problemas, palavras como *comida* e *sol* e especialmente *Deus*, pois, conforme Javier notou com surpresa, eles têm tantas palavras para *Deus*! Nada disso importava a Jacov, que estava ansioso pela cerimônia, feliz de ingerir qualquer coisa que tivesse a menor chance de rivalizar com a sua amada cocaína, a droga que canalizava, asseverava ele, o episódio mais audaz de melancolia já conhecido pelo homem. Era o mesmo ritual que eles haviam feito com Emiliano Gomez Carrasquilla semanas antes de expulsá-lo da aldeia, pois o feiticeiro ou curandeiro ou ancião da aldeia sentira o mal mais concentrado dentro de Carrasquilla, traduziu Javier. Obrigamos Carrasquilla a partir, explicou uma mulher de pele escura com os membros pintados, mesmo ele tendo vivido entre nós por anos e sendo um homem de muita idade, ela disse e Javier traduziu; não toleramos a presença do mal em San Rafael, ela disse e Javier traduziu, pois o velho começou a exibir sinais de violência e agressividade e não era mais o homem tranquilo que se uniu à nossa aldeia, o mesmo homem, ela disse e Javier traduziu, que ensinou as crianças, inclusive eu, a ler, e Javier pareceu sugado por toda aquela tradução, sem dúvida a maior que ele tinha feito em nossa jornada, e eu me lembro de fitar as cabanas de adobe e as cabras famintas e por fim o feiticeiro ou curandeiro ou ancião da aldeia, cujos dentes serrados eram como os dentes de um tubarão ou morcego. Agora, de todos os lugares, Ulrich queria retornar a San Rafael, pois ele jurara ter vislumbrado a presença de um telégrafo. Vislumbrei um telégrafo, disse ele, mas se funciona ou não, isso teremos de ver. E que tipo de recepção poderíamos esperar?, ponderei, encarando Jacov, a quem o feiticeiro ou curandeiro ou ancião da aldeia havia decretado estar tão transbordante de perversidade quanto Emiliano Gomez Carrasquilla, o primeiro homem a ressoar na alma do meu mestre, que agora perambulava sem norte na selva, provavelmente aleijado e debilitado, talvez nas últimas. Emiliano Gomez Carrasquilla, o mesmo homem que inspirara

Jacov a viajar pela Europa em busca da melancolia ao fornicar e decifrar as suas obras acerca da alegria e da hilaridade. Após seis anos de vadiagem e leitura ou de leitura e vadiagem, ele disse e eu escrevi, os livros pararam de chegar. Sim, explicou Jacov certa noite enquanto aquecia os pés na lareira do gabinete do segundo castelo de Stuttgart, os livros de repente pararam, pararam de chegar ou de ser publicados ou, no mínimo, de ser traduzidos, e deixei um ano se passar e então dois, mas depois de três entrei em pânico, pois temi que Carrasquilla estivesse morto. E me perguntei, disse Jacov: teria ele morrido? Imediatamente respondi que não, que Carrasquilla não tinha morrido, pois eu teria sentido, eu teria sentido o deslocamento da Terra, teria sentido as legiões de aves negras alçarem voo tal como o fizeram quando minha querida Vita morreu, e Jacov disse uma reza na língua perdida dos dois, sons ferozes e guturais que lembravam o balir de ovelhas, muito parecidos com os sons da minha juventude e do meu insípido padrasto, o queijeiro, e a sua absurda fixação com o queijo Pag perfeito, como ele acordara no meio da noite para ordenhar as ovelhas para fazer o queijo mais puro e mais impecável, incontáveis ovelhas ridiculamente povoando minha juventude, e tudo em nome da fabricação de queijos, o queijo Pag perfeito de minha torpe juventude, que me dava calafrios por todo o esqueleto quando, adulto, eu passava por uma loja de queijos, qualquer loja de queijos, e via refletida a minha infância lamentável. Eu estava no auge dos trinta, disse Jacov, e eu me lembrava da segunda década de minha vida como um capítulo de que eu estava muito feliz de me livrar, pois eu fora marcado permanentemente pelo começo dos anos 1890 e em especial por 1894, pois aqueles anos, o começo dos anos 1890 e em especial 1894, eram as dívidas que eu tinha de pagar para entender as responsabilidades e obrigações e fardos da melancolia. Tendo passado a viuvez como o resto da vida dela, isto é, em Knin, a minha mãe por fim expirou, Jacov disse e eu escrevi, e tendo eu adquirido, isto é, herdado, todo o dinheiro do Tabaco Reinhardt, estabeleci-me por um tempo em Zurique, mas, temendo as tentações sem limites daquela cidade, parti para Belgrado, onde comprei uma casa e contratei uma governanta. Elaborei um estudo em que o foco, pela primeira vez, não era a melancolia, a qual a contragosto suspendera, mas sim em descobrir tudo o que pudesse sobre Emiliano Gomez Carrasquilla, pois eu precisava saber a fonte desse homem e por que seus livros haviam parado de ser publicados, ou pior, por que ele tinha parado de escrevê-los. Emiliano Gomez Carrasquilla era, Jacov disse e eu escrevi, um mistério, porém mais do que isso, suas obras eram, em si, mistérios; como foi que conseguiram ser traduzidas, e ademais, como foi que conseguiram chegar até mim nos longínquos corredores do Instituto e Ginásio Harmsgradt? Carrasquilla, um fantasma, um místico e um visionário e o meu amado espírito guia, todos contidos numa só pessoa. Um homem cujas obras por si só bastavam; no entanto, sem ter dele livros novos, eu estava desesperado para descobrir por conta própria o caráter e a substância de Carrasquilla, pois o que fora feito dele e do seu legado obscuro? Em meio aos incontáveis fardos com que o mundo nos presenteia, ele disse e eu escrevi, através de todos os impedimentos, vistos e não vistos, bons e trágicos, débeis e rijos e desavergonhadamente cruéis, ele disse e eu escrevi, de alguma forma esse homem tinha sido traduzido e publicado, e de alguma forma os seus livros haviam encontrado caminho até o meu jovem coração. Isso me foi ditado apenas alguns dias depois do retorno de Jacov e Sonja de Praga, onde Sonja se encontrara com o seu sobrinho recém-nascido e Jacov espionara e em seguida se aproximara e então atacara Otto Klein depois da sua aula "A inexplicável tristeza de Søren", ato ao qual Klein sobrevivera com o menor dos ferimentos, com exceção, sustentou Jacov, do seu orgulho ferido, pois Otto Klein não podia se furtar a reconhecer, Jacov disse e eu escrevi, que o pupilo havia superado o mestre; era um fato tão óbvio, disse ele, tão flagrante, asseverou, em suma, algo tão inegável que seria absurdo ignorar, e eu exigi que ele me contemplasse, contemple, gritei ao soltar o colarinho de Klein, contemple o que se tornou seu culto substituto! E pressionei a ponta rombuda da minha espada contra a sua garganta enquanto um grupo de *kleinianos* se aproximava, aqueles odiosos arrivistas, aquelas nulidades, aqueles vápidos e tediosos bufões, e eu próprio parei de escrever, atordoado e desacorçoado com a violência de Jacov e com o curioso surgimento da espada, sobre a qual me segurei para não perguntar, isso para não mencionar, nas palavras dele, a sua *extraordinária* fuga dos seguidores de Klein e, horas depois, de Praga junto a Sonja, que, alegou ele, nada sabia do incidente. Sim, os *kleinianos* começaram a me cercar, continuou Jacov, mas eu não desejava mais violência contra o meu antigo mestre, apenas que ele reconhecesse que havia escolhido o caminho errado, isto é, o caminho *para longe* da melancolia e não *na direção* da melancolia, e que seu ex-pupilo havia descoberto o caminho santo para a montanha sagrada ao lado do luminoso e eufórico regato que leva à melancolia, e embora mais tarde eu tenha ouvido Klein contatar a polícia, Jacov disse e eu escrevi, nós fugimos antes que as autoridades pudessem nos achar. Anos antes, no entanto, com os dois pais mortos e um recente aporte de dinheiro do Tabaco Reinhardt, Jacov se recolheu ao seu imóvel em Belgrado, pondo a sua pesquisa sobre a melancolia num hiato para investigar Emiliano Gomez Carrasquilla, algo que ele vigorosamente evitara por deferência ao homem que sozinho resgatara Jacov da solidão no Instituto e Ginásio Harmsgradt com o pequeno panfleto *Como a alegria nos salva*, e mais tarde com as obras filosóficas mais extensas diante das quais a maioria dos estudiosos europeus, se é que prestavam alguma atenção, fingiam indiferença ou não levavam a sério, pressupondo superioridade sobre um reles sul-americano cujas ideias eles consideravam incultas e irracionais; como era possível, Jacov disse e eu escrevi, como era possível que uma cabeça séria não lesse *A sequência da abstinência*, transposta depois por Jacov como *A sequência da fornicação*, ou *Veredas do contentamento*, também transposto por Jacov como *Bulevares da dor*, e não apreciar a obra de uma mente de primeira categoria que se debatia com o conceito de felicidade, e, portanto, de melancolia? Era meu dever aprender o que acontecera com esse homem, disse ele, cujas obras começaram a rarear em meados dos anos 1890 e por fim desapareceram por completo em 1900. Isso me foi ditado enquanto a lareira crepitava no gabinete do segundo castelo de Stuttgart, e eu tive uma sensação de bem-aventurança e pertencimento que jamais sentira na aldeia solitária da minha juventude, e cada vez que Jacov fazia uma pausa, e, portanto, o ditado parava, eu fitava o meu mestre ruivo, que havia me libertado da mediocridade, cujas pernas pálidas com os esporádicos cabelos acobreados eram ora sedentárias, ora extáticas, no mesmo aposento, na verdade, onde anos depois ouviríamos os distantes uivos do que a princípio julgáramos ser um animal aprisionado ou um dos cães de caça de Ulrich que havia escapado, mas nos quais Jacov por fim reconheceu Sonja, perdida e ferida em algum lugar do segundo castelo de Stuttgart. Basta de ditados, vociferou Jacov, subitamente se pondo de pé, deslizando os dois pés para dentro das suas pantufas, percebendo que os gritos pertenciam à sua amante e dona de casa e companheira em boa parte da sua vida, e mesmo embora o amor que faziam estivesse em declínio, Jacov sentia certa afeição e lealdade e calidez por Sonja que não podia ser posta em palavras, pois fazia só alguns dias ele me contara num momento de raro sentimento: não há palavras para explicar o que sinto por Sonja; ela é simplesmente um dos meus membros, crucial para a minha sobrevivência, e quando minto para mim mesmo, disse ele, e, portanto, para o mundo, ela é a primeira a perceber e nunca fica com vergonha de me dizer. A ala em que Sonja havia caído ainda estava em construção, uma bizarra antecâmara que emanava dos fundos do teatro que protuberava passando pelo *torreão de meditação*; daí nossa dificuldade em localizar Sonja, metida até o tronco num buraco no chão, ser um exercício de futilidade, pobre Sonja, que não era de modo algum hesitante sobre os próprios sentimentos, amaldiçoando Jacov e a sua loucura e os incontáveis corredores e os patamares inclinados e a construção sem fim que haviam nos afligido desde que nos mudáramos para o segundo castelo de Stuttgart, e quando as maldições de Sonja se intensificavam, nós corríamos até a origem do som, e quando se enfraqueciam, nos virávamos e tomávamos uma nova direção, rastreando uma fieira de profanações e gritos cuja tênue fonte parecia obscura e onipotente. Verifiquei o pátio elevado perto da estufa e, sem encontrar nada, entrei na própria, que, em meio à neve silenciosa de um janeiro amargo, parecia surreal, repleta de palmeiras e orquídeas e vibrantes azaleias ao passo que lá fora jazia a congelada zona rural alemã, muda como um caixão. Perdendo vestígio dos gritos de Sonja, retornei lá para dentro, primeiro para a sala de fumo ao lado do segundo salão de visitas anexo à terceira biblioteca, e de novo, sem encontrar nada, uni-me a Jacov na *Ala Carrasquilla*, onde ele estava descrevendo lunáticos círculos enquanto ouvia os insultos de Sonja, sorrindo fracamente para si mesmo, até dando risadinhas, como se a ofensa dela fosse um ato de autoflagelo, e quanto mais cáustico e mordaz o desdém dela, mais ele se deliciava, pois ele vociferou para que Deus o punisse mas poupasse Sonja, castigue-me, gritou ele, sou eu o culpado de orgulho e o carente de intrepidez e resistência para encontrá-Lo por meio da melancolia, e então Jacov recorreu à língua morta da sua irmã gêmea morta, que sempre me levava à histeria. Chamei Ulrich, que chegou em minutos, acompanhado por um par de imaculados mastins de Bordeaux. Ulrich, cujo porte e segurança me encorajavam, mas enfureciam Jacov, fungou o ar e estalou a língua. Instintivamente, foi até os aposentos de Sonja e apanhou um par de calcinhas, fazendo os cães cheirá-las antes de soltá-los, em disparada, pela propriedade. Os cães se dispersaram, encontrando cantos e sótãos e campanários ainda não vistos desde a inauguração, desenterrando quartos e passagens e até compartimentos desconhecidos de todos nós, pois Jacov havia contratado e demitido tantos carpinteiros e arquitetos e decoradores, tantos rostos ao longos dos anos, os rostos de homens que Jacov havia subsidiado com o dinheiro do Tabaco Reinhardt, muitos deles tomando liberdades artísticas que traíam tanto os contratos como as plantas, porque lá existiam incontáveis clerestórios e enfileirados, para não mencionar corredores e foyers e pórticos que, em teoria, não existiam, mas obviamente existiam, salões velados por portas-alçapão e paredes falsas e prateleiras de livros e até uma quitinete que não havia testemunhado uma única pegada humana até aquela noite desesperada. Pela frequência e pelo volume dos latidos, ficou claro que aqueles mastins de Bordeaux, recém-adotados de um criador em Gante, tinham localizado Sonja com facilidade. Eles a localizaram com facilidade, gabou-se Ulrich. Mas perdemos os cães porque eles não queriam voltar e nos levar até Sonja, e agora todos os três, os mastins de Bordeaux e Sonja, lamuriavam uma melodia de singular angústia, nós três procurando por eles três, e não por minutos, mas por horas, horas de Ulrich ordenando que os cães voltassem e os mastins de Bordeaux não só ignoravam os chamados do mestre mas uivavam ainda mais forte junto a Sonja, cujos plangentes estrídulos só faziam fortalecer a certeza que tínhamos de que os ferimentos dela eram graves, pois após chamar Jacov de crápula de merda, de estudioso de araque e de péssimo amante, ela descreveu seus ferimentos como graves. Dois galgos, encarregados de proteger o terreno externo, foram introduzidos na casa para unir-se à causa; em minutos, os seus latidos engrossaram o coro, e, assim como os seus irmãos, os mastins de Bordeaux, recusaram-se a voltar. Estariam eles caindo num buraco negro?, amaldiçoou Jacov, calcando o assoalho de mármore com as pantufas. Pelas duas horas seguintes os mastins de Bordeaux, escoltados pelos galgos e por Sonja, lamuriaram-se concertadamente, pontuados pelos insultos de Sonja, por ela chamando Jacov de bastardo, de desgraçado, de intelectual de araque, entre outras coisas piores, mas por fim Sonja ficou em silêncio, e foi o seu silêncio acima de tudo o que nos deixou preocupados, e Jacov tentou animar-lhe os ânimos, encorajando-a a agarrar-se à vida. Agarre-se à vida, chorou ele, aferre-se à esperança, gritou ele, e Ulrich, agora com o quinto par de calcinhas da Sonja, sugeriu soltar um par de esguios e graciosos cães de caça europeus recém-adquiridos de um corretor em Düsseldorf, o que Jacov bruscamente recusou, convencido de que um buraco negro ou no mínimo outra dimensão havia se descerrado no seu imóvel, pois ele estudara dimensões alternativas e universos paralelos quando tinha vinte anos, uma fase breve mas não obstante uma fase de intenso estudo, e aquilo tinha todas as características de um buraco se abrindo, confirmou ele, de um novo universo se apresentando, e apenas os cães de caça e o obstinado anelo de Sonja de segurar-se a este mundo estava mantendo-os, agarrados, à nossa dimensão. Foi pouco antes da alvorada que Jacov de súbito se lembrou da alcova que ele insistira em ser construída durante o *joie de vivre* de uma recente sanha de cheirar cocaína, uma alcova pela metade e de difícil acesso, mas que Jacov jurou ser capaz de encontrar. A alcova se situava atrás do teatro, ao lado de um pequeno nicho sobre um provador de roupas inacabado em um obscuro e isolado corredor do castelo, onde um supraterreno afresco retratando Jacov em cima de um cavalo garanhão cor de corvo adornava a parede, sendo a pintura um exercício de extravagância, com o seu tema, Jacov, é claro, em brutal relevo com a paisagem circundante: um mundo de precipícios íngremes, coração partido e esquecimento; luz que iluminava o céu; pastos insípidos, não muito diferentes das temíveis pastagens da Croácia, erguiam-se por trás do símile de meu mestre, pesadas pinceladas de cinza-escuro e ameixa-forte, e não se podia evitar olhar a pintura e distinguir um mundo de esperanças vencidas. Perfurando o nicho, o barulho dos latidos instantaneamente aumentou, e Ulrich, conduzindo a carga à luz de velas, escalou uma parede erguida a meio, passou por uma pletora de materiais de construção e encontrou uma Sonja inconsciente numa poça de sangue tão densa que presumíramos que ela morrera, pois a pobre Sonja não só tinha atravessado o soalho, como a sua perna esquerda tinha sido empalada do outro lado, isto é, debaixo dele, por uma trave de aço, e embora deva ter havido uma abundância inimaginável de sangue lá embaixo, isto é, no primeiro andar, havia uma quantidade atordoante a lhe circundar também o tronco, e aquilo me deixou enjoado, pois o corpo humano com a sua miríade de componentes nunca me caiu bem, já que há algo débil e vacilante na sua crueza elemental, na maneira como a pele pende com tanta facilidade e envelhece tão rápido, isso para não mencionar as doenças nele contidas, despercebidas, praticamente jazendo à espera, de tal forma que um único dia de saúde sobre a Terra parece quase um milagre em si mesmo, e então Jacov voltou para mim à cena com o seu uivo de gelar o sangue, porque o espetáculo à nossa frente era inegavelmente arrepiante; contudo, segundos mais tarde, observei a mais terna súplica quando Jacov pressionou a cabeça de Sonja contra o próprio peito, adornando a face dela com beijos férvidos, e Ulrich o tempo todo estava avaliando a situação, a perda de sangue, o ferimento em si, e célere se pôs ao trabalho, fazendo um torniquete com a própria camisa, pegando uma serra e praticando o ato impensável que afinal a salvou, e mais tarde, isto é, depois que ela voltou do hospital de Stuttgart, nós três, ou seja, Jacov, Ulrich e eu, logo viemos a saber que a perda de um membro não meramente altera a pessoa, mas também apresenta uma pessoa inteiramente *nova*. A Sonja que voltou do hospital de Stuttgart com uma perna de carvalho era, em teoria, a mesma Sonja de sempre, talvez uma Sonja ligeiramente alterada ou bastante mutilada ou mesmo perna de pau, mas não era absolutamente o caso, pois ela voltou de todo reorganizada, uma Sonja com um conjunto de crenças e pontos de vista acerca da vida totalmente diferente, pois as suas expressões e os seus trejeitos, a sua atitude e a sua alma, ficaram marcados naquela noite, pelas horas que passamos berrando e procurando e amaldiçoando os amados cães de caça de Ulrich, e Jacov imaginou Sonja encarando a própria aniquilação, pois ele mais tarde me disse: imaginei-a encarando a própria aniquilação, e quando reflito sobre isso, disse ele, sobre minha doce e radiante Sonja encarando a própria aniquilação, obsedo-me, isto é, proíbo qualquer outro pensamento, e me atormento ao imaginar a agonia daquela noite interminável, de saber, mesmo enquanto a chamávamos, que a intrépida morte se acercava dela, tateando-a com os dedos. A perna de Sonja, ou a falta dela, deixou Jacov imensamente desconfortável, e, ao percebê-lo, Sonja fez questão de dar ainda mais atenção à perna, ou à falta dela, riscando um fósforo no membro protético para acender um cigarro ou arranhando-a com as unhas e pondo a culpa em uma coceira--fantasma, de modo que, quanto mais desconfortável Jacov ficava com a perna, ou com a falta dela, mais Sonja a coçava ou a tirava ou batia com ela no soalho de mármore, em suma, mais ela dava deliberada atenção à perna de madeira, e se era a perna, ou a falta dela, ou a culpa associada à perna, o que mais afligia Jacov, nunca ficou dito; contudo, a transformação em Sonja foi absoluta, pois não era o caso de Jacov ou eu mesmo ou Ulrich vendo Sonja sob nova luz, mas de Sonja ter voltado do hospital de Stuttgart transformada por completo, pois ela era sem dúvida uma mulher inteiramente diferente, que ria das coisas que a Sonja bípede de antes não teria achado nem um pouco engraçadas, e os seus olhos convidavam matizes mais escuros ao mesmo tempo que continham uma ausência de luz quase palpável, e embora a beleza do seu rosto fosse ainda irrefutável, com a sua lustrosa lividez e o seu pálido esplendor, nele residiam vestígios flácidos de terrores inomináveis, pegadas deixadas pelos monstros que a visitavam a cada noite. Também a sua voz mudara algumas oitavas, mais baixa e gutural, e a amargura não fazia jus às sombras que então passaram a lhe cruzar a fronte, pois nos olhos dela faziam-se planos, esboça-vam-se teorias, e se ela não culpava Jacov, que, ela insistia, não tinha culpa, ela culpava o destino em si, um destino que ela amaldiçoaria e escarneceria e abominaria pelo resto dos seus dias, e eu via outras mudanças menores, o seu gosto para a poesia, por exemplo, e certa tarde encontrei-a atirando a sua coleção de poetas lacustres no fogo, primeiras e segundas edições de Wordsworth e Coleridge repletas de meticulosas marginálias reduzidas a cinzas e depois a uma fumaça que volitava pela chaminé e atravessava o segundo castelo de Stuttgart para ir dissipar-se lentamente sobre as campinas da grande Stuttgart em si. Eu, é claro, não estava por perto no momento do retorno de Sonja, pois aquela noite trágica também havia deixado marcas em mim, e me internei numa clínica em Degerloch, a pouca distância do imóvel, pois eu me diagnosticara com um transtorno nervoso nunca antes documentado, totalmente original, o primeiro do tipo, e assim, por não ter nome, apresentei aos médicos um dilema real, embora a falta de um nome não o tornasse menos real, algo que algumas das enfermeiras pareciam se comprazer em sugerir, mas não, era agudo, mais palpável que uma ameixa sobre a palma da mão, porque o trauma e a violência daquela noite eram totalmente lúcidos: a lembrança de Sonja recobrando consciência, o macabro ressoar de Ulrich serrando-lhe a perna, o espasmo de dor e reconhecimento do que estava acontecendo, o tremor desfalecente nos olhos dela, o cinto que Ulrich fê-la morder até o fim, a maneira como Jacov andava em círculos delirantes recitando mantras e koans zen em vez de ir buscar ajuda; estamos todos perdidos, gritava ele, esfregando as suas contas budistas, estamos todos perdidos, lamuriava-se ele em agonia, contradizendo, na verdade, o mantra tong-len do Sutra do Diamante que ele continuava recitando, e eu não tinha certeza de que eram mantras tibetanos de verdade ou a língua da irmã morta, pois ambos soavam viscosos e infernais; fitei horrorizado enquanto Jacov implorava aos reinos celestiais e rogava para o cosmo, repuxando os fios de cabelo vermelho que despontavam, mal-ajambrados, dos lados da sua cabeça. Estamos todos perdidos, delirava ele, perdidos para esta morte rapace que nos cerca, uma morte que nunca se sacia, sem fim e infernal, uma morte que ofega como esses malditos vira-latas, e Jacov atirou uma pantufa ensopada de sangue na direção dos galgos. Aquilo foi demais para mim. Sim, os meus nervos estavam em desarranjo, e mesmo os médicos não tinham certeza do que fazer comigo, embora insistissem que a minha saúde estava ótima, que estava perfeita, que estava *quase invejável*, disse o dr. Gerthoffer, exceto, é claro, pelos meus nervos, que agradeceriam um bocado de lazer, um descanso de Jacov e do segundo castelo de Stuttgart, que com o passar dos anos se tornara notório em meio aos limites da cidade de Stuttgart e além, pois a sua infindável construção dava a impressão a qualquer turista ou passante ou tolo ignorante, em suma, a uma pessoa que não soubesse nada de nada, de se tratar de algo arriscado e imprudente, o empreendimento de um lunático rematado, e essas falsas crenças davam ensejo a rumores de cultos ritualísticos e divinatórios, toda sorte de projetos dúbios, sem excluir cerimônias satânicas, e meu constante aviamento para encontrar cocaína com médicos e, nos últimos tempos, com malfeitores das ruas de Stuttgart, definitivamente não pegou bem; contudo, eu estava convencido de que os rumores ganhavam vida por meio dos próprios arquitetos e paisagistas, pois é bem sabido que arquitetos e paisagistas são fofoqueiros e difamadores sem-vergonha, portanto as legiões deles que Jacov havia demitido tinham contas a acertar, e o dr. Gerthoffer, inclinando-se para olhar-me nos olhos, perguntou no mais sóbrio dos tons: *O que se passa aí dentro, afinal?* Minha estada em Degerloch foi breve, pois o fracasso do médico em encontrar o que fosse, de uma diagnose minuciosa a qualquer coisa que sugerisse vagamente uma afecção de calibre mais sério, combinado com a insistência deles em minha constituição vigorosa, que só me convencia mais da minha saúde fraca, de modo que, quanto mais eles sustentavam que minha saúde era robusta, mais certo eu estava da morte iminente, pareceu-me inépcia ou desonestidade, ambas coisas inaceitáveis, e, portanto, voltei para o segundo castelo de Stuttgart, onde ao menos as minhas moléstias foram consideradas com certa dose de gravidade. Assim me restabeleci. E assim sobreveio um período de ajustes, principalmente com Jacov e eu ouvindo dos andares superiores o som da perna de madeira de Sonja lá embaixo, a sua cadência que nos informava o grau de seu mau humor bem como nos alertava que aposento ela agora ocupava, mancando até a cozinha para mexer um guisado ou talvez claudicando pelas várias bibliotecas para juntar e conter o pó com relação ao qual Jacov era tão fanático e acabara de terminar um ditado contendo um verdadeiro portfólio de ideias; *pó, pó, pó,* ele murmurava entre os baques da perna de madeira de Sonja, pois ela se recusava com veemência a abafar os sons adornando a prótese fosse com meias, fosse com pantufas, não para o bem de ninguém, e o incessante golpear, a aflitiva cadência, haviam levado Jacov e a mim para o segundo andar, onde nos tornáramos reféns de algum espetáculo macabro de autoria de uma diretora perna de pau cujo ato final estava ainda por ser escrito. Jacov insistia que Sonja descansasse, já que ela era a sua amiga e amante e hóspede vitalícia, e a propósito, disse ele, o segundo castelo de

Stuttgart era imenso demais, intimidador e abstrato demais, para uma só governanta, *em especial uma governanta com uma perna só*, murmurou ele entre dentes, dado que nós dois partilhávamos um medo intrínseco de que uma tempestade se anunciasse, uma irrupção havia muito ignorada, e quanto mais esperássemos pela erupção de Sonja, pior seria, porque eu temo a calma dela mais do que a sua fúria, confessou Jacov, pois quando ela está calma, o que, convenhamos, é o seu estado constante, isso significa que a raiva ainda está se acumulando, não tendo a fúria ainda alcançado o seu zênite, e quem sabe como será ou que forma tomará? Contudo, Sonja recusava-se a parar, insistindo que trabalhar era da sua natureza, e creio que uma parte de Jacov se satisfazia com a solidão, com nós três e um ocasional aparecimento de Ulrich, isso quando ele não estava nas Ardenas ou na Floresta Negra aprisionando e colecionando cães mestiços, e a propósito, disse Jacov, o que quer que Sonja não seja capaz de limpar não precisa de limpeza; o pó me dá inegável prazer, disse ele, o vidro bisotado com suas camadas de sujeira, disse ele, e a mobília que enlanguesce pelo desuso, tudo isso é infinitamente agradável; assim, escondíamo-nos no andar superior e Sonja claudicava de quarto em quarto, e Jacov se comprazia com doses de cocaína cada vez maiores e mais frequentes, que ele mantinha rotineiramente, que o auxiliava a formar a síntese para estudar e ditar os altos e baixos e médios da melancolia. E, portanto, não tardou para que Jacov fosse lembrado da obra da sua vida, primeiro por meio da meditação e da cocaína ou por meio da cocaína e da meditação, a ordem sendo irrelevante, e logo surgiu a sua fixação com a ideia de viajar para a América do Sul e encontrar

Emiliano Gomez Carrasquilla em pessoa, pois em um periódico acadêmico assaz pequeno e insignificante aparecera um artigo que lembrara Jacov de Carrasquilla, um artigo que especulava sobre o desaparecimento de Carrasquilla em 1901, comentava a recusa de Carrasquilla em voltar a escrever após seu último livro, *Encontrando a bem-aventurança*, mais tarde invertido por Jacov como *Localizando o desespero*, ser publicado. O artigo descrevia a obra de Carrasquilla em termos bem pouco lisonjeiros, dizendo-o de segunda categoria e juvenil e assaz enfadonho, focando mais na vida estranha e nômade de Carrasquilla, julgando-lhe a história pregressa mais digna de atenção do que uma única palavra que ele já escrevera; não obstante, o artigo lembrou Jacov de ter abandonado o seu mestre. Eu abandonei o meu mestre, disse ele certa tarde enquanto seguíamos o som da perna de Sonja abaixo de nós, indo da segunda sala de estar para a cozinha principal, onde, com base nos sons, ela estava num humor deplorável. Gastei tanto tempo, confessou Jacov, submetido ao encanto de Klein, tornando-me um *kleiniano*, da mesma forma que eu me tornaria e mais tarde renunciaria ser um tolstoiano; de todo modo, gastei tanto tempo procurando em mim mesmo as respostas em vez de procurar por Carrasquilla, e em seguida Jacov cheirou várias carreiras de cocaína antes de lamentar não haver visitado a fonte. Nunca considerei visitar a fonte, disse ele, seja por medo ou covardia, embora a razão não venha ao caso, pois o resultado é o mesmo, no sentido de que simplesmente me recusei a agir diante da única coisa que vem me convocando desde a descoberta de Carrasquilla, ou seja, meu encontro cara a cara com Carrasquilla, porque Carrasquilla tem o tempo todo me convocado, e apenas o contato direto com Carrasquilla fará avançar a minha obra sobre a melancolia e assim me permitirá completar a obra da minha vida, já que Carrasquilla é o elo de que preciso e sempre precisei para encontrar o caminho até a melancolia autêntica, e agora Carrasquilla mora na selva, em San Rafael se bem me lembro, mais velho do que a própria velhice, muito provavelmente perdido e sem rumo e precisando de nossa ajuda; então se levante, ordenou Jacov, e eu olhei nos olhos dele, que estavam trêmulos e injetados. Os uruguaios haviam carregado as mulas, e todo mundo, percebi, esperava que eu me levantasse, para finalmente andar após uma semana sendo carregado numa maca, e talvez eu estivesse curado, e talvez minha febre tivesse passado, mas que importava? Ficar de pé me assustava. Caminhar me assustava. Tudo no mundo me assustava, e no entanto bastou que Jacov, num momento de rara compostura, se ajoelhasse ao meu lado e dissesse que a obra da sua vida só tinha chegado tão longe por minha causa; só sobreviveu até agora, disse ele, por sua causa, e só irá continuar até ficar completa por sua causa, porque você, disse ele, é o meu leal criado e pupilo e assistente, se não a mola necessária para a obra da minha vida, ao menos o arrimo ou o apoio ou o *estribo* necessário para a obra da minha vida, e a sua constituição fraca é de todo compensada pela sua devoção, e eu comecei a chorar conforme ele me sussurrava no ouvido palavras de incentivo mais fortes e robustas, palavras que disparavam dardos de eletricidade pelos meus membros, de forma que quando me pus de pé senti-me, se não renascido, em parte renovado, e não importava a doença ou o clima ou a ameaça de clãs indígenas, nada daquilo iria afetar a nossa descoberta de

Carrasquilla e, portanto, da melancolia pura e não adulterada, e eu não via Jacov tão lúcido, *tão de volta* ao seu antigo eu, fazia eras, e ele era o pai e o amigo que eu nunca tive, e o meu amor por ele era insondável e incondicional, a tudo permeava, e, então, por fim, levantei-me e continuamos nossa jornada, com Ulrich fixado em San Rafael e no telégrafo e Jacov fixado ou em voltar para buscar cocaína em Montevidéu ou encontrar Carrasquilla, o que viesse primeiro, e eu fixado na felicidade de Jacov, o que, em essência, significava ou voltar para buscar cocaína em Montevidéu ou encontrar Carrasquilla, que poderia estar em qualquer lugar na floresta Gualeguaychú, e só restavam cinco guias uruguaios na nossa comitiva, bem como aquele maldito linguista, Javier, que fora proibido de falar por completo, e o bando de mulas também, cujas costelas despontavam pelos flancos flácidos como os foles de um acordeão, e todos nós cobertos de lama, lembrando alguma tribo perdida dos confins da Terra, uma espécie de alucinação; caminhamos a manhã toda enquanto o sol luzia nas copas e as nossas sombras dançavam, através do denso matagal apinhado de yaros, e Ulrich confessou sua crença inabalável de que estávamos sendo seguidos pelos yaros, de que provavelmente fazia dias que éramos seguidos pelos yaros, talvez mais, e se as suas coordenadas estavam corretas, caminhávamos bem no meio do território yaro, uma tribo interessada na nossa morte desde aquela absurda troca meses antes, e se ao menos eu tivesse meus amados cães de ataque comigo, disse Ulrich, e eu nunca vira Ulrich tão enervado, uma emoção da qual o acreditava incapaz. Gradualmente o caminho declinou, e esse declive encorajou Ulrich, que sussurrou, este declive me encoraja, pois estou certo de que é o mesmíssimo declive pelo qual passamos um dia antes de toparmos com San Rafael pela primeira vez. Mas eu não estava mais preocupado com o que encorajava Ulrich, pois eu observara a sua alma escorregadia e a rapidez com que ele trairia nosso mestre para poder voltar à civilização, e assim me preocupei unicamente com o estado de espírito do meu mestre e com o nosso avanço para Montevidéu em busca de cocaína ou para encontrar Carrasquilla, o que viesse primeiro, pois as palavras de Jacov não só haviam me rejuvenescido como também me fizeram reafirmar a minha fidelidade, uma fidelidade que eu não sentia desde que escapara do balouçante pesadelo do *SS Unerschrocken*, uma jornada que teria posto à prova a determinação do mais forte dos homens. Jacov acarinhara a minha alma quando eu mais precisava, e fui levado a me lembrar por que eu amava cada fibra daquele homem, desde o seu ardor quase santo até o pastoso outeiro que era a sua pança exuberante, e o perdoei de tudo, desde o seu ensimesmamento até todas as suas medíocres promiscuidades, pois não vive o gênio para sempre afligido pela crueza das más escolhas? Eu amava Jacov, e a única maneira de expressar esse amor era continuar buscando Emiliano Gomez Carrasquilla, o profeta que ele estudara e analisara quando era jovem em Belgrado, a ponto de viajar para Colônia a fim de se encontrar com Elsa Weber, a tradutora alemã de Carrasquilla, em pessoa, para descobrir o que fora feito do seu espírito-guia e sábio professor. Elsa Weber, uma mulher cuja assombrosa inteligência e pele de alabastro haviam seduzido Jacov, o qual, por sua vez, havia tentado seduzir Weber e fracassado. Tentei seduzir Elsa Weber, disse ele, e fracassei; embora existisse uma forte atração física entre nós, isso era inegável, ela se aborreceu com a minha leitura ou, nas palavras dela, com a minha *tresleitura* dos livros de Carrasquilla. Viajei para Colônia e falei com Elsa Weber, ditou-me Jacov num mormacento dia de verão em Stuttgart com as janelas abertas e o aroma da relva cortada vagando pelo gabinete; falei com ela sobre a beleza e graça da verdadeira melancolia, mas depois de três dias falando com ela sobre a beleza e graça da verdadeira melancolia, três dias durante os quais me vi repreendendo Elsa Weber pela sua falta de entendimento da beleza e graça da verdadeira melancolia, fiquei farto daquilo, pois assim como Otto Klein, Elsa Weber tomava a filosofia e a teologia e as ciências *literalmente*; assim, ela acreditava em tomar *literalmente* as obras de Carrasquilla, donde traduziu suas obras *literalmente*, e eu disse a ela que se eu tomasse os escritos de Carrasquilla pelo seu valor nominal, isto é, literalmente, ele se revelaria o maior tolo e impostor que já existiu, pois quem, perguntei a ela, gastaria a sua carreira intelectual dedicando-a ao estudo da felicidade? Uma criança?, perguntei. Um atoleimado de mente desequilibrada?, indaguei. Não, disse a ela, Emiliano Gomez Carrasquilla é um humorista filosófico, o mais singular dos pensadores nessa arena solitária, solitária porque na história humana como um todo só houve até hoje um único humorista filosófico e trata-se de Carrasquilla, e não se estuda a felicidade e a alegria e o contentamento no *alvorecer* da própria carreira intelectual, pois a felicidade e a alegria e o contentamento são o *ocaso* da própria carreira intelectual, e não até que se tenha percorrido o escuro e ameaçador caminho de páthos, os corredores infestados de espinhos da angústia, é que se aprende que *felicidade* e *melancolia* são duas palavras para a mesma coisa. E ensinei a Elsa Weber no seu pequeno apartamento que quase dava para Reno que a melancolia era a mais alta e mais estimada emoção que a alma humana era capaz de sentir, e elucidei a Elsa Weber em sua minúscula residência que mal dava para abrigar um mosquito ou um rato, que dirá um ser humano, que as obras de Carrasquilla são uma resposta aos intelectuais indolentes e rasos que acreditam que o viver a vida não passa de perfumaria. Não, disse a Elsa Weber, por fim amarrando-a com corda a uma cadeira dentro daquele seu apartamento que proporcionava só o mais estreito vislumbre do Reno, não para torturá-la ou aprisioná-la, não, mas para segurá-la a fim de que simplesmente escutasse a razão, de que entendesse que Carrasquilla, assim como eu, havia sofrido uma tragédia horrível, provavelmente em muito tenra idade, e prossegui contando a Elsa Weber sobre a perda da minha irmã gêmea e a morte da nossa língua e os proscritos que éramos naquele buraco blasfemo que é Knin, o que foi ao mesmo tempo uma tragédia e uma dádiva, pois com a morte de Vita pude contemplar a tristeza inerente à vida, uma tristeza que se expande feito vapor e, portanto, não se contém, alcançando cada recôndito não mapeado da alma, uma tristeza discernível se abrirmos os olhos, assim como os meus estão abertos, uma tristeza que se torna inextricável da própria existência, e aquilo me elevou, pois percebi que a vida carrega apenas promessas fugazes e muito pouca esperança exceto através do entendimento do páthos, e Emiliano Gomez Carrasquilla também viu isso, pois lá existe, ele se lembrou e eu escrevi, uma agonia palpável que permeia e infunde todos os livros de Carrasquilla, e Elsa Weber, presa a uma cadeira na residência dela, que abarcava a mais pobre vista do Reno, uma vista que era como um chute no estômago, uma vista que meramente provocava o olho, uma tortura perpétua sem dúvida por causa da parca perspectiva do Reno, pois o Reno é um rio esplêndido e robusto que corre por Colônia como um fêmur dobrado, Jacov disse e eu escrevi, e receber uma lasca do Reno mas não uma vista completa do Reno é pior do que ficar completamente cego ao Reno, ignorar a existência do Reno, pois imagine estar tão perto de uma via fluvial tão estimada quanto o Reno, tão perto de um amado estuário em que se pode quase nadar, apenas para ter a vista toldada por causa da imbecilidade do arquiteto ou da ganância do senhorio ou talvez de ambas as coisas, e parte de mim queria desesperadamente perguntar quanto ela pagara por aquele desagradável lixo de apartamento, mas eu não podia divagar, pois a minha viagem e o meu foco e o meu desígnio eram por uma só coisa, ele disse e eu escrevi, e isso era descobrir o destino de Emiliano Gomez Carrasquilla. Então, disse eu a Elsa Weber, se a senhora não consegue ver as obras de Carrasquilla como as sátiras que são, é incapaz de ver o homem que traduziu, o filósofo burlesco que torna este mundo inteiramente original, e vejo pouca esperança para a senhora, e naquela altura, tendo o sol se posto, Elsa Weber pareceu letárgica, pois se cansara das amarras e estava pedindo, na verdade implorando, por um pouco de água, e então lhe servi dois copos, e em seguida vasculhei o seu apartamento horrivelmente exíguo em Colônia em busca de qualquer correspondência que ela pudesse ter trocado com o grande oráculo sul-americano, e, sem encontrar nada além de transcrições e manuais e pequenas figuras de coelhos de porcelana que ela colecionava, por fim me deitei e dormi, e na manhã seguinte, após um doloroso sono na cama dela, que imitava o apartamento no sentido de que eram ambos abomináveis, fiz duas xícaras de chá para nós e contei a ela que queria saber *tudo* sobre Carrasquilla, e Elsa Weber, uma loura acobreada perto dos quarenta anos, de olhos verdes, pele de alabastro e lábios diminutos que sugeriam uma só coisa, por fim cedeu, e embora eu tenha perdido o respeito pelo trabalho de Elsa Weber como tradutora e não mais visse Elsa Weber como uma pessoa do mais raro intelecto, ela sabia das coisas, e pelos dois dias seguintes inquiri-a sobre incontáveis assuntos, focando, é claro, em como ela recebera as transcrições de Carrasquilla, em primeiro lugar, a localização dos seus editores alemães, as notas e sugestões que Carrasquilla invariavelmente lhe deu e, por último, mas ainda mais importante, por que ele parara de escrever, mas na verdade não por último, quase por último, pois o que eu mais desejava saber era onde ele, Carrasquilla, agora vivia, e Elsa Weber, com as cordas em volta dos pulsos e tornozelos afrouxadas para respirar, explicou que o profundo despertar religioso de Carrasquilla o havia forçado a abdicar da escrita em nome de um chamado sagrado ou espiritual ou sublime, porque a cada livro que se seguia ele sentira *os dedos furtivos da hipocrisia a agarrá-lo*, uma expressão que ela nunca esquecera, escrita, explicou ela, na única carta que recebera de Carrasquilla, na qual Carrasquilla agradecia Elsa Weber pelas fiéis traduções e prosseguia dizendo que se sentia compelido a levar uma vida *física* de alegria em vez de uma vida escrevendo sobre a *prática* da alegria, e observei que os olhos verdes de Elsa Weber, Jacov disse e eu escrevi, à medida que explicava o pouco que se lembrava daquela carta distante, sobre como Carrasquilla quisera viver uma vida em paz com a sua terra, abandonar o pensamento *en masse*, dispensar o intelectualismo por completo, e nessa única carta ele mencionava brevemente o seu desejo de deixar a atrofia daninha do Uruguai, partir para o oeste através da floresta Gualeguaychú; talvez ele tenha mencionado uma aldeia, San Luís ou San Miguel ou até mesmo San Rafael, embora ela não estivesse certa do nome exato nem mesmo do país, já que a carta fora escrita anos antes e metida dentro de uma gaveta para ser esquecida e um dia jogada fora, e não houve discussão ou clímax ou tumulto quando ele se recolheu, disse ela, pois a tradução das suas obras para o alemão era quase uma ventura, pura casualidade, mera obsessão dos editores, dois velhos excêntricos, veteranos da Guerra das Sete Semanas, mortos havia muito, e as minhas traduções das suas obras para o alemão não produziram a menor cócega na comunidade intelectual, continuou ela, e eu, sendo apenas uma estudante quando dei início ao projeto, acabei esquecendo tudo sobre a obra dele desde que tive que trilhar meu caminho no mundo. Quanto a ter sido escolhida para traduzir Carrasquilla, explicou Elsa Weber, não foi um caso de ter sido escolhida, mas sim de me autodesignar, já que ninguém estava interessado na tradução desse *enigma* ou *zero* sul-americano, não sei como se poderia chamá-lo; em todo caso, um *ninguém* para alemães e sul-americanos igualmente. Mas eu era fluente, explicou ela, tanto na leitura como na escrita do espanhol, já que o espanhol era falado na minha casa quando criança, tendo minha mãe sido criada em Granada, e por acaso avistei um anúncio em algum jornal menor requisitando os serviços de um tradutor e eu respondi, isto é, eu disse sim, pois veja você que eu queria me tornar tradutora, embora, admitiu ela, desde então eu tenha desistido da tradução, e agora trabalho na biblioteca perto de Lindenthalgürtel, mas os livros dele foram completamente desconsiderados e mais tarde triturados, ela disse a Jacov e eu escrevi, e até mesmo os editores, ela disse a Jacov, estão mortos e enterrados, e como foi que você os encontrou em Belgrado?, ela começou a dizer, mas antes que pudesse terminar, Jacov interrompeu-a para apontar que ele topara com as obras de Carrasquilla estritamente por sorte, sorte, uivava ele, sorte, cuspia ele conforme andava em círculos em volta de Elsa Weber naquele pardieiro de apartamento, sendo o círculo o único padrão ou formato ou caminho que o espaço limitado permitia, e a sorte, enfatizou ele para uma Elsa Weber muito sobressaltada, era a sua segunda palavra predileta no mundo em qualquer língua oral ou escrita depois da mais ilustre e nobre e encantadora palavra, que era, é claro, *melancolia*. Na sua única carta, Carrasquilla explicou a Elsa Weber como ele ansiava por viver uma vida monástica, uma vida livre dos fardos e do esgotamento da escrita, livre das dores, não só de escrever, mas de *pensar* e depois *escrever*, que são dois atos inteiramente diferentes, o pensar sendo um e o escrever sendo outro, mas atos que sem dúvida dependem um do outro já que um não acontece sem o outro, e muitas pessoas acreditam que escrever é um único ato, escrevera ele na sua única carta a Elsa Weber, um exercício em si e para si, mas não é isso em absoluto, são três ou quatro, talvez seis atos diferentes, porque existe a ideia, é claro, e depois é preciso palavras para transmitir essa ideia, porque sem palavras a ideia simplesmente sucumbe ou sufoca;

em suma, ela morre, mas ninguém menciona a disciplina ou a automotivação e a autoconfiança tampouco a energia e agonia de ter de sentar e escrever sobre aquilo que, ao menos para ele, era essencialmente a vida, mas ao fazer isso você não só está evitando a vida, escrevera ele, mas está ignorando a vida, está cego para a vida, talvez seja a negação da vida em si, e em certo sentido escrever é uma forma de morrer, e além disso, escrevera ele a Elsa Weber, minha alma chora por silêncio, para pôr um fim à avalanche de palavras, foi essa a palavra exata que ele usou, disse Elsa Weber, *avalanche*. E quanto mais ela falava dessa única carta que recebera e por fim jogara fora, mais Jacov queria lê-la e, portanto, mais atormentado ficava, e Elsa Weber resumiu tudo o que lembrava da carta de Carrasquilla, que era simplesmente que Carrasquilla tinha chegado à conclusão de que escrever era uma doença, uma da qual desejava se curar afastando-se, viajando ao interior deste continente aparentemente infinito, e ainda que as obras dele fossem mais tarde influenciar Rubén Darío e Horacio Quiroga e uma pequena litania de modernistas, como é que ele iria saber? E Jacov fitou pela janela uma vista que *quase* dava à pessoa um vislumbre do Reno mas na realidade dava à pessoa apenas a *promessa* do Reno, os sons e os aromas do Reno, mas nunca o Reno em si, nunca aquela via fluvial impressionante e opulenta, pois a solitária janela de Elsa Weber simplesmente dava para a aleia na direção de um cortiço vizinho, uma vista que era antes uma *não vista* na qual, quanto mais se olhava, mais se percebia quão pouco se via, e a pessoa teria de inclinar o corpo em um ângulo de noventa graus para ver a mais fina lasca do Reno, uma lasca que era um insulto, uma lasca que era uma piada à custa da pessoa, e se esta caixa, disse ele, esse buraco de merda, gaguejou ele, esta moradia absurda é o que as cidades modernas estão se tornando, então ele verdadeiramente desprezava e rejeitava a iminente catástrofe da civilização, e que tipo de palavra é essa, fustigou ele, pois não havia nada de civil nela, e Elsa Weber, amarrada a uma cadeira num apartamento que Jacov não desejaria nem para o próprio Otto Klein, um apartamento que era como um guarda-roupa ou uma caixa de sapatos, porém uma caixa de sapatos feita para acondicionar os sapatos de crianças ou anões e certamente não sapatos feitos para adultos de verdade e de tamanho normal, continuou a explicar que dificilmente alguém lia ou discutia ou ligava para as obras de Carrasquilla, ninguém, na verdade, acrescentou ela, nem uma pessoa sequer, com exceção talvez de uma nota de rodapé obscura ou de um nome usado como motivo de piada, mas uma piada altamente específica. Ninguém tinha a menor familiaridade com o nome de Carrasquilla, e eu fiz o trabalho, disse ela, isto é, as traduções, por razões filantrópicas, bem como para a minha própria edificação, mas essencialmente por caridade enquanto fazia a minha graduação, sem nunca ganhar um centavo, e a julgar por aquele apartamento infinitesimal, disse Jacov, traduzir pagava tão bem quanto trabalhar na biblioteca, e que ótima ideia fora herdar dinheiro do Tabaco Reinhardt, refletiu ele, e mais pessoas deviam fazer o mesmo, uma vez que isso confere tempo e calma para refletir sobre a pletora de ansiedades da vida. Elsa Weber disse a Jacov que ninguém além dos agora defuntos editores havia alguma vez mencionado o nome de Carrasquilla a ela, e ela tinha quase que perfeitamente se esquecido dele, como se ele nunca tivesse existido ou fosse um daqueles espectros de um sonho de criança que retorna depois de décadas, súbita e irracionalmente, e você é lembrado do sonho, uma fantasia ridícula, uma ilusão que nunca teria ocorrido caso não tivesse erguido a cabeça de novo; sim, esquecera-se dele total e completamente até que Jacov apareceu no corredor externo daquilo que Jacov supôs ser o apartamento mais minúsculo da história da humanidade, e Emiliano Gomez Carrasquilla, concluiu ela, não teve influência alguma no mundo intelectual, e essa frase abalou Jacov na sua fundação, essa sentença foi o bastante para fazer Jacov se escafeder da microscópica pocilga de Elsa Weber sem olhar para trás, fugir de Colônia e se recolher, via trem, ao Sanatório e Balneário Holstooraf, recuperar-se e convalescer, recobrar-se, sem nunca se convencer de todo que desamarrara Elsa Weber daquela cadeira naquele fosso de apartamento, e pouco tempo depois, ou seja, três semanas depois, Jacov encontrou refúgio no Sanatório e Balneário Holstooraf, tanto na minha amizade quanto no arremeter a virilha contra a de Sonja no quartinho das vassouras, no labirinto de sebes, no porão da ala dos tuberculosos, atrás das topiarias, e, segundo conta Jacov, em muitos outros lugares, e embora eu não saiba o que veio primeiro, tudo aquilo, a ordem dos eventos, o tranquilo deslumbramento da vida a se desdobrar, fez-me acreditar também eu na sorte, pois de que outra maneira teríamos nós três nos conhecido e nos tornado amigos íntimos e, por conseguinte, passado a viver no primeiro castelo de Stuttgart ao lado dos Möllers e do seu odioso pomar? E eu ponderava sobre a sorte enquanto marchava em silêncio através da neblina sem fim, sendo as nádegas da mula de Javier a única coisa que eu conseguia divisar, porque a neblina tira as dimensões do mundo e dá igual proporção a todos os objetos, projetando um verniz sobre a existência no qual as consequências são vagas e impostoras, e de súbito Ulrich estava ao meu lado com a mais grave das expressões, instando-me a estacar o passo. Estaque o passo, sussurrou ele, e em seguida chamou Javier, e lentamente desapareceu pela neblina para pedir a cada um da nossa comitiva que fizesse o mesmo, isto é, que estacasse o passo, e que ao fazê-lo aproveitassem para também calar a boca, e eu não era de me preocupar muito com um ataque, uma vez que já tinha muita coisa na cabeça, considerando o tornozelo torcido e as perpétuas ameaças de *cefaleias-fantasmas*, mas alguma coisa na expressão facial de Ulrich levou-me de volta para a noite da amputação de Sonja e até antes, para a plataforma da estação de Tula, para a expressão que Ulrich estampou no rosto no momento em que nos localizou, isto é, Jacov e eu, e agora eu entendia que Ulrich estampava aquela expressão apenas nas mais terríveis e graves ocasiões, nem mesmo ocasiões, mas em *crises*, e lá estávamos nós, de fato, prestes a ser atacados ou talvez já sob ataque, pois com aquela neblina maldita quem poderia saber o que estava acontecendo a centímetros dali? Podia muito bem estar acontecendo *agora*, pois eu não era versado na violência do mundo físico, tendo muito o que fazer por causa das minhas várias moléstias, estações inteiras gastas acamado enquanto agonizava pela próxima epidemia não diagnosticada, a qual estaria encolhida a um canto do quarto fazendo hora ou rodeando a minha cama; não, eu pouco sabia sobre batalhas exceto sobre as invasões que o próprio corpo humano praticava contra si, e no instante seguinte Ulrich emergiu da neblina, instruindo-me a deitar no chão. Estamos cercados, disse ele, e nunca pensei em perguntar *pelo que* estávamos cercados, pois não houvera uma única ocasião neste continente em que não estivéssemos cercados por algo vil e impenetrável, algo inominável mas ainda pior por não ter nome, algo que nos seguia e nos pressionava e nos sufocava, procurando trazer a febre e a morte, só que desta vez estávamos cercados pelos yaros, e eles estiveram nos seguindo por semanas, talvez meses, Ulrich conseguiu dizer, pelos yaros que tinham armas e eram intrépidos, que haviam acordado naquela manhã com a única intenção de nos matar, e eu amaldiçoei a nossa ignorância, os nossos guias desanimados, o nosso tradutor ineficaz, a quem faltava discrição e bom senso para falar a língua nativa sem causar incidentes. Siga-me até o rio, instruiu Ulrich aos sussurros, e todos nós, de borco, agora seguíamos Ulrich através da vegetação rasteira, e logo nos arrastávamos por cima da lama na direção do fragor da água, e eu estava certo de que as árvores ao nosso redor tinham tremulado, e esperei pelos dardos ou pelas flechas ou pelos tiros para começar a correr, e eu era o terceiro atrás de Ulrich, sendo a nossa tropa agora uma serpente seccionada mas uma serpente desacostumada a se locomover de borco, subitamente cônscia da própria e iminente extinção, e ansiei por me virar e ver as chamas vermelhas do cabelo de Jacov brilharem através da neblina, mas mantive a minha cara na terra úmida à medida que deslizávamos e coleávamos, manobras de todo inaturais para bípedes, animais sofregamente cônscios da tragédia que pairava sobre eles, e abandonáramos as nossas mulas e as nossas provisões sem nenhuma reflexão, pois os objetos, na selva, em um segundo se tornam a sua cova, nem mesmo um segundo, mas o tempo inclemente entre os segundos, o tempo que não tem nome porque é breve demais e que divide um segundo do outro que se segue, e ponderei sobre a loucura da nossa expedição, a incompetência do nosso tradutor, a falta de uma direção precisa, pois havíamos cruzado um oceano e desembarcado num continente sem trazer nada mais que um nome, Emiliano Gomez Carrasquilla, e um lugar, San Rafael, e também ponderei sobre os nossos círculos idiotas e as nossas atoleimadas batidas em retirada e a nossa incapacidade de dizer com certeza se estávamos chegando ou partindo, se tínhamos em algum momento deixado a floresta de Gualeguaychú, se tínhamos permanecido no Uruguai ou alcançado a Argentina ou até mesmo o Brasil, e de súbito pensei em Sonja e na profundeza da sua alma, Sonja, que quando partimos nos disse que éramos idiotas, idiotas por partir, mas, mais importante, idiotas porque éramos homens e aquilo estava na nossa natureza e, portanto, não podíamos evitar, isso dito ao pé do segundo castelo de Stuttgart enquanto partíamos, expresso não com maldade ou rancor, mas com pena, o que é sempre pior, pois ela tinha pena de nós e dos nossos desígnios, como se soubesse de algo que éramos incapazes de entender. Sonja nunca tentou nos impedir de partir, ela simplesmente aceitou a nossa jornada como algo que não conseguíamos deixar de fazer, e enquanto eu empurrava o corpo por cima da relva alta recordei a insistência com que Sonja apanhou os seus papéis e livros enquanto a sua perna era removida, literalmente serrada fora; os olhos dela fulguravam predatórios no espaço do sótão em que ela tinha claramente passado milhares de horas, um espaço exíguo destinado a lhe satisfazer as necessidades, principalmente ler e escrever, pois me lembro de ter virado e visto as pilhas de papéis e anotações e a estante de livros bamba que continha os seus amados poetas e até mesmo uma pequena fotografia preto e branco de Alva Belmont e um desenho de Annette von Droste-Hülshoff pregados à parede, poetas e sufragistas, pois esse espaço obscuro, essa ala semiesquecida do segundo castelo de Stuttgart, era o refúgio de Sonja, o lugar onde ela se escondia para escrever e talvez traduzir, e como ela insistia em receber de volta as suas obras ao regressar do hospital, todos os seus livros e papéis incluídos, já que Sonja continha profundezas que Jacov e eu nunca nos incomodamos em considerar, e ela não se retirara e recuara para ficar *longe* de nós, mas sim para ficar *a sós* com os seus pensamentos, e naquele minúsculo sótão apinhado de infindáveis pilhas de livros, escondidos e acumulados e estimados, percebi que Sonja via os livros e as palavras da mesma maneira como via o ato do amor, que ela obtinha o mesmo prazer voluptuoso do tato que obtinha das palavras usadas para descrever o tato, pois ela era uma sensualista e assim não existia nenhum traçado entre a carne de um homem e as linhas de um poema, ambos contendo corações pulsantes e órgãos vitais e vísceras, todos dignos de se preservar e proteger, e se havia alguma alma que coincidia com a de Carrasquilla, era a de Sonja, pois ambas não desejam nada além da solidão dos próprios pensamentos, aquele seu espaço exíguo e oculto belamente convertido em um salão literário para uma só pessoa, e Sonja, tal como muitos de nós, talvez todos nós, nascera no lugar e na época errados, e certa vez ela confessou que escrevera cinco volumes de poesia, todos não publicados, pois isto é o que acontece quando nascemos com destinos falsos, e para nós era tarde demais, a morte havia chegado, mas para Sonja, imersa no segundo castelo de Stuttgart, possivelmente juntando pó ou traduzindo poemas e observando a conclusão da quinta e última ala do segundo castelo de Stuttgart, ainda havia um futuro. Enquanto isso, rastejávamos de barriga, prestes a ser assassinados, e ouvi o tropel de pés na relva alta, e que caprichosa e irracional é a morte, sempre avançando, mas nunca da maneira como se espera! Vi uma flecha atingir a lama ao meu lado, ouvi um som fino, assobiante, firme e inócuo, não muito diferente do de um mosquito pairando sobre a orelha, e então dardos por toda parte chovendo sobre nós, e os gritos de Javier com o seu sotaque que era tão ridículo que mesmo na morte achei difícil simpatizar com ele, e passei por ele serpenteando o corpo, mais rápido através da lama, uma fieira de flechas sibilando no ar, flechas provavelmente embebidas em curare venenoso e agora misturados aos uivos dos yaros e aos estrídulos da nossa comitiva, e onde é que estava Jacov ou, mais importante, como é que se poderia imaginar Jacov rastejando, atravancado que estava pelos *Livros de origem* apertados contra a barriga, os mais preciosos e inestimáveis objetos que há na Terra, disse Jacov, a mais audaz e destilada declaração sobre a natureza humana, disse Jacov, a mais original formulação das nossas habilidades, acrescentou Jacov, e portanto eu devia proteger os *Livros de origem* a todo custo. Se eu perecer, instruíra-me ele nem bem um dia antes, se uma catástrofe cair sobre mim, você deve levá-los para a Europa, pois os *Livros de origem* são a salvação do mundo e a resposta à pergunta que ninguém se incomodou em fazer, e embora, acrescentou ele, estejam escritos na minha língua com minha querida Vita, há um código, uma chave que elaborei para decifrar os livros, porém logo teve início uma discussão entre Javier e um guia acerca da técnica apropriada para grelhar carne de caça, de modo que a cifra, o código, a chave para os *Livros de origem* estava, assim como as ideias e teorias em si, inteiramente dentro da cabeça de Jacov, inacessível, e eu não tive a oportunidade nem o discernimento de pressionar Jacov para que entregasse o paradeiro dela, ocupado como estava com a minha febre e todo um catálogo de reclamações. Rastejei relva afora e me vi à margem do rio, e para a nossa sorte começara a chover, pois essa visibilidade estorvada, embora esses indígenas sejam destemidos, e eu me espremi ao lado de Ulrich, esperando pelos outros, e Ulrich estampou a expressão mais estranha que eu já vira até que percebi ser a expressão de alguém que levou várias flechas nas costas, flechas que agora lhe despontavam do peito e das entranhas. Ulrich fez uma cara valente enquanto tentava arrancá-las, mas eram muitas, não menos do que seis, segundo o meu cálculo, e gritei em leves espasmos à medida que o sangue se espalhava pela sua camisa em jorros tão grossos, tão prodigiosos e implacáveis, que quando olhei de novo ele tinha expirado, e adeus Ulrich, adeus receber aluguéis estratosféricos de incontáveis propriedades, adeus aprisionar e treinar cães de ataque pela Europa, e eu fitei a proeminente cicatriz na sua testa, uma cicatriz cuja origem para sempre permaneceria um mistério, e me lembrei da sua súbita aparição na plataforma da estação de Tula como um caçador de recompensas, um vilão, e de como nosso laço tivera início no que parecia ser um passado longínquo, todo ele uma fábula ou um sonho, pois o que é o passado senão um sonho coletivo partilhado pelos personagens oníricos? De perto nos chegavam os gritos dos nossos guias, e neles tentei localizar Jacov, mas nada encontrei, e nesse caos me perguntei: devo virar e voltar em busca do meu mestre ou pular no rio na cheia ou quem sabe deitar de cara na lama e me fingir de morto? Eu, é claro, optei por esta última resolução, de quebra até lambuzando o sangue de Ulrich na roupa, e pressionei o rosto na lama, desejando somente me enterrar mais fundo no útero da terra. E assim o tempo passou, a chuva caiu e os gritos dos meus companheiros arrefeceram; mais tarde ouvi os passos da tribo, que viera examinar o feito e falava numa língua que me lembrava a de Jacov e Vita, no sentido de que era o dialeto da morte, e eles simplesmente chutaram os nossos corpos, isto é, o de Ulrich e o meu, com desinteresse e logo depois desapareceram na chuva. Ao cair da noite, virei-me para ver a copa das árvores, a luz da lua tremulando entre elas. A chuva amainara, e, reunindo coragem, virei-me e rastejei pela relva, passando pelos corpos mortos da comitiva, Javier e os uruguaios, tendo as mulas partido, muito provavelmente sequestradas, e rastejei mais rápido, procurando o meu querido mestre até que topei com um trecho de relva mais baixa e terra plana. Eu estava prestes a abandonar o rastejo para me pôr de pé quando a minha cabeça bateu na de Jacov. Ele se achava deitado de costas, com o bojo dos *Livros de origem* subindo em direção ao céu acompanhado da ponta de duas flechas que pareciam ter sido lançadas da própria terra. Os olhos dele estavam fechados, mas ele respirava, e falei o seu nome e a sua cabeça se virou em apático reconhecimento quando ele começou a desabotoar a camisa e eu, a chorar, pois sabia que ele estava me entregando os *Livros de origem*, ambos nos dando conta da iminência da morte dele, e *como*, perguntei-me, como, de todas as pessoas, tinha eu sobrevivido? Os pensamentos de Jacov corriam em veio parecido, pois ele sorriu e murmurou, como, como *você* está vivo, você com as suas febres e cefaleias e o seu maldito tornozelo? Eu balancei a cabeça, pois não tinha uma resposta pronta. Talvez eu tenha escapado da morte, disse, porque era o que eu mais temia, e Jacov sorriu e abriu mais três botões, nenhum de nós lúcido o bastante para ponderar sobre a questão mais premente, a do código ou da chave necessária para traduzir a sua obra-prima, pois se os *Livros de origem* foram escritos na língua singular inventada por ele e pela irmã morta, conforme alegava Jacov, como iria eu deslindá-lo? Antes que o assunto pudesse ser abordado, no entanto, Jacov parou de respirar para sempre, com a mão no quinto botão, e eu chorei, pois eu vivera e ele não, e a morte, tão serena e sem contratempos, tão diferente da que vemos nos romances, a morte cruel que rende tanto material para a poesia e a arte, e, contudo, ela em nada diferia do piscar de um olho ou do limpar de uma garganta, pois ele estava vivo num momento e simplesmente não estava no próximo. Jacov irremediavelmente perdido, não mais que um caroço de carne, e quem sabe, conforme os seus caros budistas acreditavam, ele um dia voltaria, reencarnado, embora quando e em que animal, ninguém saberia dizer, e será que eu reconheceria os seus olhos turbulentos nos olhos de uma vaca ou de uma perdiz, ou perceberia o seu rosto no de um primata? E talvez, tal como ele sempre esperara, Jacov tivesse se unido à sua irmã gêmea no além-vida, correndo mais uma vez pelos pastos de uma terra mais verdadeira e verdejante que Knin. Adeus ao gênio que ressoava pela minha existência, adeus à vida que me dava vida, adeus à esperança que me dava esperança. Uma época havia terminado. A vida agora seria o soluço estúpido, monótono e sem fim de um velho cansado, cada dia um eco do anterior e um prefácio do seguinte, e esta seria a minha vida se, por milagre, de fato sobrevivesse. E me lembrei da mais lúcida descrição que Jacov já fizera da melancolia: estávamos passeando por Stuttgart em meio ao alvorecer do seu *período cinza*, e, ao dobrar a esquina da Kriegsberg com a Ossletzky, Jacov explicou que a melancolia, na sua forma mais pura, era meramente o dar-se conta da própria insignificância, e o dar-se conta dessa insignificância era, em si mesmo, significante, e era um sentimento plácido, a melancolia, um sentimento da mais funda alegria escondida, incorporada talvez, dentro do turbilhão do coração humano, e se uma pessoa entendesse a própria tristeza que lhe era inerente e não tentasse *derrotá-la* ou *sufocá-la* ou *torná-la sua inimiga* em uma batalha sem sentido e sem fim, ela poderia se tornar, ele ousava dizer, civilizada e, com um pouco de prática, até mesmo esclarecida. Estávamos no pior do inverno, e os montes de neve, mudos e colossais, erguiam-se ao nosso lado. Observei as nuvens da respiração de Jacov se dissiparem, e me perguntei se a respiração de outra pessoa seria menos potente, já que os pensamentos que as outras pessoas carregavam eram inferiores, porque Jacov, no torpor do seu *período cinza*, estava ficando poético, explicando a significância do dar-se conta da própria insignificância, e, dobrando a esquina para a Wilhelmstrasse, ele explicou que a depressão e a inércia que se seguiam à aceitação da própria insignificância não eram nada além de um milésimo do esplendor eletromagnético da melancolia, um roçagar na barra da melancolia, um mero reflexo do encardido cafundó ou pálido subúrbio que se aproximava da esplendorosa cidade da melancolia. Mas veja você, acrescentou ele, essa insignificância e o dar-se conta dessa insignificância é inteiramente pura e sincera e não poluída pelo mundo como um todo, e, portanto, à sua modesta maneira, é um sentimento de tamanha magnitude que ficamos marcados para sempre. *Isso* é a melancolia, dizia ele, a enfermidade de artistas e visionários igualmente, e sim, disse ele, ela corrói as pessoas, e sim, disse ele, ela é lenta e tediosa e com frequência parece ordinária, mas a humildade que se segue a ela não é nada menos que miraculosa, pois se o mundo fosse um lugar mais triste e reflexivo e as pessoas olhassem para dentro em vez de para fora, você não admitiria que o mundo iria melhorar? E Jacov prosseguiu dizendo que a melancolia não era nada menos que a salvação do mundo, um humilhar-se aos pés da mortalidade, e o pequeno vislumbre que lhe fora dado quando sua querida irmã gêmea morrera era aquilo que ele procurara desde então. Obter a lasca de um sentimento, dizia ele, o lampejo de uma luz maior, dizia ele, apenas para vê-lo sumir, ora, é claro que fui atrás disso e passei a vida indo atrás disso. E eu segurei a cabeça de Jacov nas mãos, beijei-lhe a fronte e chorei, quem poderá dizer por quanto tempo, e se uma flecha houvesse transpassado meu coração, teria sido mais pesaroso e verdadeiro do que se eu sobrevivesse, embora isso não tivesse acontecido, e a noite foi sóbria e silenciosa, e com os *Livros de origem*, agora comigo, deixei-o no campo, irrecuperavelmente perdido, e estuporado voltei para a floresta, e podia ter se passado um dia ou uma semana, mas o tempo passou, pois em um momento era noite e no outro era dia, e por mais que eu tenha dormido, por fim acordei com o rosto encarquilhado de um velho que me fitava com a curiosidade de uma criança, e senti um frêmito de reconhecimento, pois se tratava de Emiliano Gomez Carrasquilla! Pelo menos ele fazia lembrar os mosaicos e retratos que Jacov havia pendurado nos salões e corredores do segundo castelo de Stuttgart, uma imagem inspirada na única fotografia que Jacov encontrara, uma foto granulada na quarta capa do ensaio com fôlego de livro *Energia da alegria*, invertido por Jacov como *Fadiga da infelicidade*; ele estava mais velho, é claro, mas os insondáveis olhos castanhos e os lábios carnudos do grande sábio do meu mestre não podiam ser confundidos com os de outrem, embora os olhos deste homem, pelo menos de perto, parecessem verdes ou ao menos cor de avelã, mas não importava, tinha de ser Carrasquilla, pois quem mais andaria sozinho por esse bosque? Carrasquilla estava curvado, como se caminhar lhe fosse grande provação, e havia uma expressão amalucada, maníaca em seus olhos; gravetos e pedaços de folhas estavam entrelaçados na sua barba; ele segurava uma bengala na mão e um saco de juta na outra. Adornado com uma túnica puída e um par de sandálias decrépitas, ele não parecia nem um pouco perturbado de dar de cara com um homem branco dormindo apoiado ao pé de uma árvore. Gesticulei com as palmas abertas para indicar que as minhas intenções eram pacíficas, mas Carrasquilla estava além de tudo isso, indiferente às ameaças de uma morte terrena, pois na sua sabedoria ele era inequivocamente livre, e é muito provável que meu gesto tenha lhe parecido primitivo e ignóbil. Ele balançou o saco de juta, produzindo um ruído metálico, e sinalizou para que eu o seguisse. Pus-me de pé e acompanhei essa criatura frágil, e caminhamos por menos de um minuto até uma pequena clareira nas árvores onde Carrasquilla havia erguido um acampamento, uma simples fogueira com poucas pedras grandes dispostas como uma espécie de fortaleza, tudo cercado por prodigiosas árvores grossas. Com tinta ou giz, palavras e símbolos haviam sido escritos nas pedras, embora a língua parecesse invenção dele, estranhas formas e padrões que pareciam soletrar alguma mensagem indecifrável, um código profético ou lunático. Carrasquilla sentou-se em uma pedra e desfez o saco, deu um sorriso banguela, café, murmurou ele à guisa de explicação, pegando uma pequena jarra de lata e fervendo água para o café. Carrasquilla?, consegui perguntar, e esse estranho velho, que lembrava Carrasquilla embora os olhos de Carrasquilla fossem de uma cor diferente, que certamente *era* Carrasquilla caso Carrasquilla tivesse vivido no mínimo até os cem anos e talvez um pouco mais, esse homem que sem dúvida *tinha de* ser Carrasquilla, respondeu mostrando-me as gengivas, *tengo familia en estos árboles*, murmurou ele, *estos árboles susurran sabios consejos*, e então ele soltou a risada mais doce, mais inocente que eu já ouvira, embora, para ser sincero, também soasse como a risada mais séria e mais vulgar que eu já ouvira, um pouco demente também, mas eu o perdoei, pois sem Carrasquilla não existiria Jacov, e sem Jacov, quem seria eu exatamente? Perdoei-lhe também a loucura, pois a solidão deixa a sua marca no homem, tal como eu mesmo testemunhara; sozinho por um dia, no máximo dois, já sentia os dedos calosos da mania batendo à minha porta. Esse homem, que certamente era Carrasquilla caso Carrasquilla tivesse cabelo onde antes era calvo e talvez fosse quarenta e cinco centímetros mais alto do que Jacov imaginava, não era apenas velho; ele parecia ter eclipsado a idade, o ponto em que um homem passa por certas provações e reemerge mais forte e mais vibrante, como se tanto o tempo como a idade tivessem sido momentaneamente derrotados, e na translucidez da sua carne envelhecida e na abundância dos seus olhos verdes eu soube que tudo isso iria se dissolver, pois olhar para esse homem de alguma forma me dava esperança. Nos seus olhos dementes, em meio ao fedor da sua túnica, mais uma vez me considerei vivo. Graças à companhia de outra pessoa, minha fé na vida fora restaurada. Eu resistiria. De alguma forma eu encontraria a civilização, e me imaginei mais uma vez balançando sobre o Atlântico com os *Livros de origem* apertados de encontro ao estômago, os *Livros de origem* que continham um futuro repleto com a decifração e o compartilhamento da visão de Jacov e, portanto, uma Europa do novo século no qual tudo era possível, onde homens e mulheres viriam a conhecer a compaixão e a compreensão e a empatia por meio do cansaço do mundo pela melancolia, aquelas sombrias melancolias vienenses e aquelas opulentas melancolias húngaras e aquelas ásperas e aziagas melancolias alemãs, sem mencionar aquelas austeras melancolias judaicas, todas que a Europa abraçaria na imensidão do seu coração, pois a melancolia era a emoção da compaixão e da reflexão, a melancolia simplesmente continha o melhor que há dentro de nós, e visualizei um século de paz e compreensão na Europa, galvanizado pelos escritos de Jacov, detentor da mais alta e mais imaculada melancolia croata já existente, pois uma vez que o código fosse quebrado ou decriptado ou deslindado, em suma, uma vez que os *Livros de origem* fossem traduzidos, o conhecimento da sua vida de trabalho transbordaria, em ondas, por todo o solo. Jacov ressuscitaria, e senti o século XX se insuflar dentro de mim, um século que prometia ser mais plácido e imperturbado do que qualquer outro na história, e se eu ouvia o marchar de botas, eram as botas do progresso, e visualizei uma Europa de otimismo e zelo e a morte de Jacov sendo talvez a libertação de que sempre precisei e que nunca conheci, e quando me foi entregue o café, senti a responsabilidade inerente aos *Livros de origem*, pois eles já haviam começado a esfolar a minha barriga, da mesma forma como haviam esfolado a do meu mestre. Pobre Jacov, que não veria o século que ele ajudara a amoldar, e enquanto eu bebericava o café, mais amargo e mais saboroso do que qualquer um que já tomara, gozei o futuro assim como se goza a esperança que resta após um sonho feliz. A Europa e o século XX e a obra-prima de Jacov no topo das livrarias do grande continente, e talvez Sonja ajudasse a traduzir as edições em inglês, por que não? E tudo isso pareceu verdadeiro e bom e me deixou infinitamente alegre, e ponderei sobre qual era a direção em que ficava Montevidéu, e talvez Carrasquilla tivesse uma bússola ou meios para ajudar? Contudo, quando questionado, ele só murmurou palavras que soavam por alto espanholas, mas podiam facilmente ter sido portuguesas ou talvez bobagens, e ele atirou alguns gravetos no fogo. Cruzou as pernas e começou a cantarolar, e balançou-se devagar para a frente e para trás, e sem saber porquê ou quando, eu tinha me juntado a ele, isto é, no cantarolar, e enquanto cantarolávamos o velho sábio sorria para si, um sorriso sabedor, um sorriso sagaz, um sorriso de benevolência e paz que conjurava o cosmo, e de alguma forma eu soube que sobreviveria, e o mundo em si progrediria, e nenhum de nós teria de enfrentar de novo um dia triste pelo resto das nossas vidas.

FONTES
Fakt e Heldane Text

PAPEL
Pólen Natural

IMPRESSÃO
Lis Gráfica

FSC
www.fsc.org
MISTO
Papel produzido
a partir de
fontes responsáveis
FSC® C112738